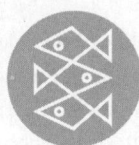

Da sind die drei Jugendlichen, die Pläne aushecken für die bevorstehenden Schulferien und dabei genau wissen, dass auch dieses Jahr nichts geschehen wird; da ist die Troika, die sich regelmäßig zum Carambole-Spiel trifft; da ist Schorsch, der immer dann auftaucht, wenn man ihn nicht erwartet; und da sind die beiden verfeindeten Brüder, die seit ihren Erbschaftsstreitigkeiten nie mehr miteinander gesprochen haben. Im Dorf verharren die Menschen in ihrem Alltag wie gelähmt, während sich um sie herum alles verändert: Restaurants schließen, neue Wohnviertel entstehen, soziale Netze zerbrechen, Familien fallen auseinander.

In zwölf Runden nähert sich Jens Steiner diesem sozialen Gefüge an, lässt die Dorfmenschen in ihrer Hilflosigkeit erstarren und öffnet ganz kleine Lücken, durch die hindurch ein Schritt in eine – wenn auch unsichere – Zukunft möglich wäre.

»Über die ungewöhnlich konstruierten ersten Sätze stolpert der Leser in dieses Buch, das ihn mit seinem Stil und seiner dichten Prosa bis zum Schluss im Bann hält.« Jürg Altwegg, Frankfurter Allgemeine Zeitung

Jens Steiner, 1975 geboren, studierte Germanistik, Philosophie und Vergleichende Literaturwissenschaft in Zürich und Genf. Sein erster Roman ›Hasenleben‹ (2011) wurde für die Longlist Deutscher Buchpreis 2011 nominiert. Zudem wurde ›Hasenleben‹ mit dem Förderpreis der Schweizerischen Schillerstiftung ausgezeichnet und für den Rauriser Literaturpreis 2012 nominiert. Für das Romanmanuskript ›Carambole‹ wurde Jens Steiner 2012 mit dem Preis »Das zweite Buch« der Marianne und Curt Dienemann-Stiftung ausgezeichnet. 2013 gewann er für ›Carambole‹ den Schweizer Buchpreis und stand erneut auf der Longlist des Deutschen Buchpreises.

Weitere Informationen, auch zu E-Book-Ausgaben, finden Sie bei www.fischerverlage.de

Jens Steiner

CARAMBOLE

Ein Roman in zwölf Runden

FISCHER Taschenbuch

Erschienen bei FISCHER Taschenbuch
Frankfurt am Main, Juni 2015

Lizenzausgabe mit freundlicher Genehmigung
der Dörlemann Verlag AG, Zürich
© 2013 Dörlemann Verlag AG, Zürich
Satz: Dörlemann Satz, Lemförde
Druck und Bindung: CPI books GmbH, Leck
Printed in Germany
ISBN 978-3-596-03148-1

Anspiel

Unter Freysingers Kirschbaum angekommen, knickten ihnen flugs alle Glieder ein und sie purzelten ins beschattete Gras. An diesem Ort herrschte ein ganz eigenes Trägheitsgesetz, sie hatten sich daran gewöhnt. Während Fred begann, Ameisen unter Spuckeklecksen zu begraben, und Manu in die grüne Unendlichkeit von Freysingers Garten kroch, blickte Igor melancholisch in den Himmel.

Zwei Wochen bis zu den Sommerferien, dachte er, und noch immer ist nichts passiert. Alles wird an uns vorbeigelotst. Einen Anfang müsste man machen, einen kräftigen Satz hinein ins Leben, aber wie? Schorsch fiel ihm ein. Mit seinen Geschichten erfand er ständig neue Welten und hebelte alle physikalischen Gesetze aus. Sie verstanden selten, worum es in den Geschichten ging, und doch lauschten sie ihm jeweils gebannt. Schorsch war anders. Wenn er wie ein schrundiges Gewächs vor ihnen stand und losplauderte, konnte Igor sich kaum konzentrieren, er sah bloß die struppigen Haare auf seinem Kopf und diese Augen, wie Kiesel in das Gesicht hineingedrückt.

Manu versuchte sich die Geschichten als Schachaufgaben vorzustellen und vergaß sie gleich wieder. Fred schließlich glaubte nichts von dem, was Schorsch ihnen auftischte, er wollte immer Beweise sehen.

Was, dachte Igor, noch immer betrübt in den Himmel spähend, würde Schorsch an unserer Stelle tun? Er spürte, wie seine Lider schwerer wurden. Das Trägheitsgesetz, schon wieder. Die Lider begannen zu flattern. Schorsch, dachte er, Schorsch, erhöre uns. Die Lider fielen zu und gingen nicht mehr auf. Ich wollte doch einen Anfang finden, dachte er, ich wollte doch, ich wollte, ich. Seine Hände rutschten schlaff ins Gras, und zwischen seinen Lippen tat sich ein dunkler Spalt auf.

»Aha, die Jungs.«

Igor fuhr hoch.

»Oh, Schorsch. Hallo.«

Schorsch stand neben Freysingers altem Opel und blinzelte ihn an, während Manu aus seinem Gebüsch hervorkroch und Fred sich den Mund abwischte.

»Wie geht's den Jungs?«

»Gut, Schorsch.«

»Was tun die Jungs?«

»Nichts.«

In Schorschs Augen leuchtete ein Grimmen auf. »Ihr werdet mir diese Geschichte nicht glauben. Ich erzähl sie euch trotzdem.«

»Aha.«

»Passt auf, ihr Knilche.«

Da war er wieder, der alte Schorsch. Er hatte sie erhört. Nun setzte er seinen Hebel an und drehte die Welt auf den Kopf. Fred war fest entschlossen, ihm auch dieses Mal kein Wort zu glauben.

»Nun, ich muss ein bisschen ausholen. Wie ihr wisst, wimmelt es in meiner unvergesslichen Heimat Korsika von Banditen. Nicht die Banditen, die ihr Flegelvisagen euch vorstellt, mit Vorderlader im Gürtel, dicken Ohrringen und dem ganzen Plunder. Nein, sie sind auf Motorrädern unterwegs, tragen höchstens ein Messer bei sich, und meist nicht mal das. Sie sind Kleinbauern oder Schafhirten aus den Bergen, und sie rauben nur Franzosen aus. So, jetzt Achtung. Ich eines Tages fröhlich unterwegs im Hochland, steht plötzlich ein Franzose da, wie Gott ihn geschaffen hat, will heißen splitternackt …«

Die Leute im Dorf wechselten die Straßenseite, wenn sie Schorsch erblickten. Bloß einige Unverzagte grüßten ihn mit einem Nicken. Das war die Ordnung der Dinge, und Schorsch hatte sich längst in ihr eingerichtet. Es amüsierte ihn.

»… der Franzose flitzt hinter einen Baum, lugt hervor und zischelt mir zu: ›Pst, he!‹ Ich in einer Seelenruhe an ihm vorbei. ›Pst, Monsieur, hätten Sie mal eine Minute Zeit?‹ Ich: ›Worum geht's denn?‹ – ›Äh, ich hab ein kleines Problem.‹ Und dann erzählt er mir seine Geschichte. Ich sag euch ja, die korsischen Banditen wissen, was gut und was das Gegenteil davon ist. Stellt sich heraus, dass der Franzose im Adamskostüm ein Pariser war, mehr noch, er war ein reicher Pariser. Auf Urlaub. Hatte ein kleines Schäferstündchen in den korsischen Bergen gehabt. Und plötzlich waren seine Sachen weg gewesen. Schwupps-flupps. Später erschien der Kopf seiner Waldkurtisane hinter einem anderen Baum, ich lachte mich kaputt.«

»Und, hast du ihm geholfen?«, fragte Fred.

»Geholfen? Eh bon«, antwortete Schorsch, »ist eine Frage der Perspektive. Ich gab ihm meine Schlappen, sagte: ›Selig sind die Barmherzigen, hier meine Schuhe‹ – und ließ ihn stehen.«

Und dann bummelte Schorsch ohne Verabschiedung weiter, ein Schrat in gewalkter Baumwolle, sein knotiges Grinsen in einer Seelenruhe vor sich hertragend. An seiner Hand hing wie immer das Einkaufsnetz mit den Futterdosen, Whiskas oder Kitekat. Die drei mochten ihn.

Als am nächsten Morgen die Pausenglocke sie auf den Schulhof scheuchte, saß ihnen die Trägheit noch etwas tiefer in den Knochen. Sie sanken wie herrenlose Marionetten zu Boden. Von ihrem Platz an dem Mäuerchen hatten sie alles im Blick: die Fußballjungs, Mädchen im Tratschkreis, Einzelgänger in Einergruppen. Manu sah sie alle in schwarz-weiß gestreifter Kluft, jeder am Fußgelenk eine schwere Kugel nach sich ziehend. Er musste an Schorsch und die Geschichte vom Vortag denken. Was genau hatte er ihnen sagen wollen?

Fred räusperte sich umständlich, und Manu blickte auf. Am Rand des Pausenhofs stand Renate. Über Freds Gesicht kletterte eine perfide Verzweiflung, zog an Unterlippe und Augenbrauen. Manu schaute dem Geschehen eine Weile lang zu, dann sagte er: »Was ist das eigentlich, ein Schäferstündchen?«

»Dafür bist du zu klein«, blaffte Fred.

»Weißt du's denn?«

»Klappe, Manu!«

Manu hielt die Klappe, obwohl er begriff, dass auch der große Fred es nicht genau wusste. Er schloss die Augen und suchte im Gedächtnis nach einem frohen Gedanken. Er sah seine Mutter, im Keller vor ihren Terrarien stehend, in der Hand den großen Rundkolben voller Taufliegen. Wochenlang regte sich kaum etwas in den Glaskästen, wovon sie sich keineswegs beirren ließ. Sie hatte keine Angst, weder vor der Gegenwart noch vor der Zukunft. Manu bewunderte sie.

Renate warf ihre Mähne mit Schwung scheitelüber. Sechs Augen schauten ihr zu. Aus Freds Mund erklang ein Japsen, Igor schluckte und Manu dachte nach. Keine zwei Wochen mehr bis zum Ende des Schuljahrs. Und dann? Nichts. Weiterwarten. Seine Eltern konnten sich wie immer keine Ferien leisten, Igor wollte mit seiner Mutter ohnehin nicht verreisen, und Fred, wer wusste schon warum, Fred blieb immer da, und seine Eltern waren immer weg, wahrscheinlich auf dieser Insel, wie hieß sie nochmal?

Als ob Igor Gedanken lesen könnte, sagte er zu Fred: »Warum gehst du eigentlich nicht mit in euer Ferienhaus auf Oléron?«

»Dort ist eh nichts los. Scheiß Oléron«, antwortete Fred, ohne den Blick von Renate abzuwenden.

»Und hier ist etwa mehr los?«, fragte Igor.

»Schnauze!«

»Und das Bungalow in wie hieß das nochmal?«

»Bandol. Hatten wir nur gemietet.«

»Und wo ist das genau? Kotasür?«

»Schnauze, Igor!«

»Und dieses Appartement in Paris …?«

Schon hatten sie sich ineinander verkrallt. Während sich um die beiden Raufer eine Schülertraube bildete, hier und dort Anfeuerungsrufe erschallten, fragte sich Manu, ob er eingreifen sollte, schließlich hatte er den Streit mit seinem Gedanken an die Insel sozusagen ausgelöst, dabei trat er ein paar Schritte zurück, und noch ein paar, und als er schließlich am Rand des Pulks angekommen war, sah er ein paar Meter entfernt

Renate, erkannte in ihrem Blick Verachtung für alles, was sich auf diesem Pausenplatz tummelte, und als sie ihn sah, drehte sie sich um und stelzte davon, verschwand hinter dem Fahrradunterstand, und dann schepperte auch schon die Pausenglocke, die Traube löste sich auf, während Fred und Igor verknäuelt auf dem Boden liegen blieben und Manu noch immer eine Antwort auf seine Frage suchte.

Nächster Tag, bei Freysinger. Oben Blätterwerk, pausenlos flimmernd, unten unbändiges Gewucher. Wie tote Fliegen lagen sie da, ein Tableau von der Trägheit des Herzens und der Trübung des Willens. Gegenüber erschien die alte Frau Becher in ihrem Hauseingang, im Schlepptau ihr Hund. Fred dachte laut über heidnische Grausamkeiten nach. Mit glühenden Augen führte er den Freunden seine Fantasiespiele vor: »Eure Lieblingsfoltermethoden bitte! Anfangen mit Rang zehn, ich gebe euch eine Minute!« – »Wohin würdet ihr eure Eltern verbannen?« – »Ihr seid kurz vor dem Verhungern und habt die Wahl: gekochtes Affenhirn mit Hundehoden garniert oder gekochtes Hundehirn mit Affenhoden garniert?«

Nein, Manu und Igor konnten nicht mithalten. Igor fragte sich, ob man auf solche Gedanken kam, wenn man ganze Abende allein in einem riesigen Haus vor einem riesigen Bildschirm saß. Freds Eltern hatten dieses Haus für ihren Sohn gebaut, und er konnte darin schalten und walten, wie er wollte. Im Tiefkühler erwarteten ihn alle vorstellbaren Sorten von Pizza, im Fernseher Cartoons und Monstertrucks auf unzähligen Sendern, daneben die neueste Xbox. Fred, seine eigenen Eltern verbannen? In Igors Vorstellung hob sich still ein Vorhang, eine Bühne in gedimmtem Licht erschien, eine Mama und ein Papa, gefesselt und geknebelt auf dem Wohnzimmerperser, der Sohn auf der Innenveranda thronend, seine bellende Stimme: »Auf die Osterinsel, alle beide! Für neunundneunzig Jahre, so will es das Urteil. Einspruch wird abgelehnt!«

Diese Eltern, dachte Igor. Man sah sie fast nie. Auch seine eigene Mutter ließ sich im Dorf kaum blicken, aber das hatte einen guten Grund. Ihre beiden Körperhälften konnten sich nicht mehr einigen, was zu tun war, und ihre Stimme brachte die erstaunlichsten Töne, aber keine Wörter mehr hervor. Seit dem Hirnschlag lebte sie auf ihrer ganz privaten Osterinsel.

Vor ihm lag ein Käfer im Gras und strampelte unsichtbare Muster in die Luft. Igor bot seinen Finger dar, der Käfer nahm dankbar an und eilte davon. Igor blickte auf. Frau Becher und Hund erschienen erneut im Hauseingang. Sie fletschte das Gesicht, der Hund gähnte. Fred war mittlerweile verstummt, Manu pulte an einem Klumpen Erde herum. Bald, dachte Igor, werden wir hier festgewachsen und Teil von Freysingers Garten sein. Und niemand würde es bemerken.

Doch dann, erst sachte wie vom Wind angehoben, danach entschlossen, hob sich Freds Hand, und ihr Besitzer zischelte: »Pst. Nicht hinschauen. Die Mutter.«

Zwei Köpfe wie Wetterfahnen in einer sanften Brise.

»Nicht hinschauen, hab ich gesagt!«

Es war Renates Mutter. Oben auf dem Trottoir. Sie nestelte an dem blauen Leopardenfoulard auf ihren Schultern und schaute nervös umher, aber die drei Jungen auf Freysingers Wiese bemerkte sie nicht. Dann verschwand sie hinter einer Hausecke. Fred drehte sich auf den Rücken und sah in die Baumkrone hoch.

»Ich sag's euch. Bald ist es so weit.«

»Was denn?«, fragte Igor.

»Eines Tages! Nicht mehr lange.«

»Wie, wo, was, Mann?«

»Vergiss es.«

Igor und Manu schauten sich stumm an. Fred kraulte sich im Schritt.

»Na gut, kann ich euch vertrauen?«

Wieder Griff in den Schritt, Räuspern, Rotz hochziehen. Igor und Manu nickten.

»Ich werde sie entführen.«

»Wen?«, fragte Igor.

»Wen wohl?«

Igor und Manu schauten sich abermals an.

»Wa-warum?«, piepste Manu.

»Weil …« Fred schaute um sich, Manu rückte näher an ihn heran. »Weil endlich etwas passieren muss.«

»Warum?«

»Weil …« Fred senkte die Stimme, auch Igor rückte näher heran. »Weil es so nicht weitergeht. Mit Nichts-Passieren.«

Langes Schweigen.

»Oder sieht sie etwa nicht wie ein Entführungsopfer aus?«

Fred und sein Gewalttheater. Tobende Scharmützel, Karambolagen und maskierte Henker rangelten ständig um die besten Plätze in seinem Hirn. Und doch schien es, als ob dieser Anschlag auf die Moral der Eltern eine neue Grenze überschritten hätte. Fred hatte eine Waffe gefunden, mit der er Angst und Schrecken verbreiten konnte. Jetzt fuchtelte er probeweise damit herum. Igor und Manu hielten die Luft an.

»Ein Versteck hab ich schon«, raunte Fred, »Zeitungen habe ich auch gesammelt.«

»Wa-warum Zeitungen?«, fragte Manu.

»Für die Lösegeldforderung, du Idiot. Buchstaben ausschneiden.«

»Ihre Eltern haben kein Geld«, wandte Igor ein.

»Die betteln das schon zusammen.«

Eine Stimme in Freds Rücken sagte: »Wer bettelt was zusammen?«

Sie blickten hoch.

»Oh, Schorsch, hallo«, sagte Igor, »wir betteln, ich meine, wir reden von den Trikots fürs Fußballturnier. Wir brauchen, äh, ja, wir brauchen noch ein bisschen Geld dafür. Fred am meisten, weil er ...«

»Schon gut, Jungs.« Schorsch zwinkerte. »Und überhaupt, lasst euch gesagt sein: Betteln ist so übel nicht, sofern man die richtigen Gründe dafür hat. Ich habe vor vielen Jahren einen Sommer lang gebettelt. Um ehrlich zu sein, ich bin nicht weit gekommen damit. Also habe ich umgesattelt auf das Ausräumen von Autos auf Parkplätzen. Derjenige am Bavellapass war der ergiebigste. Im Sommer Dutzende von Ausflüglern, Holländer, Schweizer, Deutsche und so weiter. Was schaut ihr so? Man muss eben über die Runden kommen. Später habe ich mit einem Freund Motorräder geklaut. Wir haben sie umgespritzt, die Seriennummer weggefeilt und auf der anderen Seite der Insel verkauft. Nun ja. Korsika ist klein, viel liegt da nicht drin. Später, das war in den Siebzigern, als ich längst ins Piemont ausgewandert war, gehörte ich zu einer Bande, die Tankstellen überfiel. Das war damals ein politisches Handwerk, müsst ihr wissen. Wir haben vor allem an unsere Bäuche gedacht und nicht schlecht von dem Handwerk gelebt. Eines Tages haben wir einen Manager entführt. Die Sache ging grausam schief, ich haute ab und verließ Italien für immer.«

Als Schorsch das Wort »entführt« ausgesprochen hatte, war in Freds Halsröhre der Ansatz eines Adamsapfels pfeilschnell hochgehüpft. Jetzt pendelte er in kleinen Sprüngen hinauf und hinunter.

»Also nochmal«, fuhr Schorsch fort, »durchkommen muss jeder irgendwie, das ist logisch. Mit Betteln kommt ihr nicht weit, aber schämen müsst ihr euch nicht dafür. Klar?«

»Ja. Klar.«

»Und wenn's nicht reicht für das Trikot, geht ihr Kerls mal in Freysingers Schuppen und nehmt euch eine Säge oder ein paar Schraubzwingen. Der Freysinger braucht die nicht mehr. Und dann geht ihr zu Heinz, ihr wisst schon, und bietet sie ihm an. Er liebt altes Werkzeug. Ein Zehner springt da locker raus. Klar?«

»Ja. Klar.«

Und schon zockelte Schorsch ab, auf zur Scheune, zu seinen Katzen. Eine leicht verbogene Gestalt mitten im leeren Dorfnachmittag, fremd wie ein Berber.

Hoch oben in der grün gesprenkelten Markise zwitscherte ein Vogel. Die drei Freunde reckten ihre Köpfe, und es war, als ob die mächtige Baumkrone ihr Denken für einen Augenblick vereinte: Gemeinsam sahen sie zwei korsische Jungbanditen auf einem Motorrad, tief in der Kurve liegend, im Hintergrund Karstfelsen und Sturzbach, sie sahen einen nadelgestreiften Geschäftsmann in einem Kellergewölbe, die randlose Brille schief auf der Nase, hinter ihm eine Reihe von zerknautschten Köpfen in Damenstrümpfen, sie sahen Schorsch, wie er eben noch vor ihnen gestanden hatte, seine Wildnis-Augen und die ganze Einsamkeit darin, und dann sahen sie Renate in ihrem grünen Top, das bei einem bestimmten Licht halb durchsichtig wurde, und sie dachten an alles, was Renate vor ihnen verborgen hielt, und das Leben, das einen großen Bogen um sie machte, und all diese Gedanken wirbelten in ihren Köpfen durcheinander, bis sie plötzlich nichts mehr sahen, nur noch einen gigantischen Windstoß spürten, der alles wegfegte, die Gegenwart und ihre Gesetze, die Wut und den Gram, und in ihren Bäuchen stieg eine Leichtigkeit hoch wie eine Luftblase, und sie schauten sich wortlos an. Drei kirschrote Köpfe, mit plötzlicher Sprachlosigkeit geschlagen.

Frau Becher und ihr vierbeiniger Knäuel tauchten an der Treppe auf, eine Elster tippelte um Freysingers Opel herum, auf dem Trottoir erschien Renates Mutter. Hurtig ging sie vorbei, und auch diesmal bemerkte sie die Jungen nicht. Die Elster flatterte davon, Frau Becher und Hund verloren sich im nahen Horizont.

Manu hob den Kopf. Am Straßenrand sah er das Leopardenfoulard von Renates Mutter liegen. Ein Windstoß stupste es an.

»Die Katzen«, sagte er.

»Hä?«, antwortete Fred.

»Wie viele sind es? Zehn, zwanzig? Und er füttert sie alle. Jeden Tag.«

»Und?«, sagte Fred.

»Wo bekommt er das Futter? Er hat kein Geld.«

»Jemand deckt ihn ein.«

»Wer?«, fragte Manu.

Fred formte sein Gesicht zu einem Fragezeichen. Igor pustete einen Löwenzahn in hundert winzige Schirme und blickte zum Himmel hoch.

»Hat jemand mal versucht, das herauszufinden?«, fragte Manu.

Schweigen.

Über ihnen noch immer das Rauschen der Blätter und an der Treppe schon wieder Frau Becher mit Hund und auf der Straße Leute, die immerzu kamen und gingen. Die drei begannen, sich still zu knuffen. Niemand sah sie.

Bredouille

Eine Viertelstunde lang war er unsichtbar gewesen. Nun sah ich ihn vom Garten hereinkommen. Er trat in die Küche, öffnete die zweitoberste Schublade, lud ihren Inhalt geräuschvoll auf den Tisch, setzte sich hin. Ich schaute ihm zu und verstand die Welt nicht mehr. Wie hatte er, also warum, ich meine, was war da draußen geschehen? Die Fragen stolperten mir über das Halszäpfchen, ich musste hüsteln.

Edgar hob den Kopf: »Hm?«

»Du, also«, sagte ich, »warum? Nein. Nichts.«

Ich wandte mich ab und nahm eine alte *Brigitte* vom Telefontisch. Mein Blick rutschte haltlos von einem Artikel zum nächsten: »Rohkost ist hip«, »Sind Sie zu selbstkritisch?«, »Fatburning: die besten Übungen«. Noch immer irrten dieselben Fragen durch meinen Kopf: Wie, also warum, ich meine was? Ich blickte auf. Das Tranchiermesser in seiner Hand schimmerte seidig. Es war Schleiftag, mein Mann erledigt das zwei Mal im Jahr. Bis jedes Messer im Haus blank geschliffen ist, dauert es Stunden. Aber

wie konnte er in aller Ruhe dort auf dem Küchensche-
mel sitzen, als ob in dieser Viertelstunde nichts gewesen wäre?

Wir sind stille Leute. Ich ziehe Gemüse und expe-
rimentiere mit Rosen, Edgar pflegt seine Musik-
sammlung. Mehr brauchen wir nicht. Sogar das Auto
haben wir letztes Jahr verkauft. Ich hatte schon lange
darauf gedrängt, aber Edgar wollte nicht: »Manchmal
braucht man es doch, und dann ist man froh drum.
Weißt du noch, als wir bei diesen Jetzlers eingeladen
waren?« Bis er letztes Jahr von allein darauf kam:
»Heute habe ich zwei Stunden in die Stadt gebraucht.
Hinter jeder Windschutzscheibe ein Wutgesicht. Ich
mache das nicht mehr mit.« Ich freute mich stumm
über meinen Sieg. Wir sind überzeugt, dass der Mensch
mit wenig zufrieden sein kann. Ich arbeite schon länger Teilzeit, Edgar seit ein paar Jahren ebenfalls. An
schönen Tagen bleibt er zu Hause und macht etwas
in der Werkstatt oder liest. Nur was den Umgang
mit den Menschen angeht, übertreibt Edgar es mit
der Genügsamkeit. Wenn ich andeute, dass ein paar
Freundschaften ihm ganz guttun würden, antwortet
er: »Sag mir warum! Ich bin für jeden da, der Hilfe be-
nötigt, aber ich brauche dieses ständige Verbündetsein
nicht. Es macht mich ungeduldig, verstehst du? Es
nervt mich.« Edgar kann in solchen Momenten richtig
brummig werden, und wenn mich dieser Blick trifft,

ich weiß nicht, ich glaube, dann würde er mich gerne weit, weit weg haben.

Ich legte die *Brigitte* zurück auf den Telefontisch und setzte zu einem entschlossenen Schritt an. In diesem Moment kam unsere Tochter herein, und bereits wurde ich von neuen Fragen bedrängt: Wie ist das, woher soll ich, warum, wozu? Mein Herz pochte, ich suchte im Gedächtnis nach einem passenden Satz, ich sagte: »So, wie war's?«

»War was?«

»Na, die Probe.«

»Welche Probe?«

»Na, die vom Theater, mit den Kostümen. Oder ging es um Requisiten?«

»Keines von beiden.«

»Oh. Worum denn?«

»Gar nichts. Wie kommst du auf Probe?«

»Ich weiß nicht. Hast du nicht heute Morgen gesagt ...«

»Ich habe nichts gesagt.«

»Wirklich?«

»Ich sage am Morgen nie etwas.«

»Ach. Ja. Du hast recht.«

Sie ging in ihr Zimmer hoch.

Unsere Tochter sagt nicht nur am Morgen nichts. Den ganzen Tag ist kein Wort aus ihrem Mund zu hören. Und deshalb passieren mir diese, wie soll ich sagen, Ausrutscher. Ich mache es, ja, nein, natürlich mache ich es nicht absichtlich, es ist keineswegs so, dass ich versuche, Tricks anzuwenden, um meine Tochter zum Reden zu bringen. Ich dachte an diesem Tag und in dieser Sekunde tatsächlich, meine Tochter hätte eine Probe gehabt. Schüler haben doch ständig irgendeine Probe. Ich weiß nicht, was mit mir los ist. Die Leute kommen schnell mit allerlei Theorien: Vermeidungsstrategie, Ich-Abwehr, Sublimierung. Vielleicht haben sie recht. Wobei, ist Sublimierung nicht etwas anderes? Ich meine, wie nennt man das, was die Leute meinen? Beziehungsweise was ich meine? Auf jeden Fall bilde ich mir Sachen ein, die meine Tochter gesagt haben soll. Wie soll ich darauf, also was soll ich überhaupt? Tun? Oder nicht tun?

Zwischen Telefontisch, Küche und Treppe stand ich und wusste nicht wohin. Und was ich vorgehabt hatte, bevor dieser Schabernack anfing. Wie, warum, was und überhaupt? Mein Herz im Hals, die Hände im Haar, alles zerzaust. Ich stieg die Treppe hoch, klopfte an die Tür.

»Was!«

»Ich gehe einkaufen«, sagte ich.

»Und?«

»Wolltest du nicht …? Etwas wolltest du doch.«

»Nein.«

»Wirklich?«

»Nein.«

»Hör mal, darf ich reinkommen?«

»Was gibt's denn?«

Ich stieß die Tür auf. Meine Tochter stand mit offener Hose vor dem Kleiderschrank.

»Ich wollte nur sagen, wegen. Ach, du gehst weg?«

Sie zog die Hose aus und schmiss sie auf das Bett.

»Sag mal, diese halb durchsichtige Unterhose. Ich bin ja nicht prüde, aber ist das bequem?«

»Mutter, was gibt's?«

»Ich frage dich, wohin du gehst.«

»Ich gehe zu Patrick.«

»Aha. Patrick.«

Sie zog sich eine neue Hose an, die noch enger zu sein schien als die andere. Ich schaute weg und dachte: Gibt es denn niemanden, der mir hilft? Das schaffe ich nicht alleine, mit dieser Tochter! Ich brauche Hilfe, bitte, kann mir jemand helfen?

»Ich möchte, dass du heute Abend mit uns isst.«

»Von mir aus.«

Sie zog ihr T-Shirt aus. Ich sah einen BH, den ich noch nie gesehen hatte. Ich schaute wieder weg.

»Um sieben. Es gibt Fleisch.«

Hinter mir schloss sich die Tür. Ich ging hinunter. Küche, Treppe und Telefontisch umringten mich. Und jetzt? Meine Hand griff nach der Handtasche, mein Mund entließ eine Reihe von Tönen: »Ich gehe dann mal.«

Edgar, aus der Küche: »Wohin?«

Ich war bereits weg.

Häuser, Hecken, Autos, alles schwebte unscharf an mir vorbei. In meinem Kopf eine Horde von Fragen, die sich gegenseitig herumschubsten. Wiewarumwaswerwo? Vor dem Laden zögerte ich. Hatte ich, brauchte ich? Nein, ich brauchte nichts. Ich ging weiter und arbeitete die Perlenschnur unserer Dorfstraße ab. Links Post, rechts Bäcker Jost, links Kindergarten, rechts Molkerei.

Vor Altmüllers Tankstelle blieb ich stehen. Ich musstc nachdenken, sofort, auf der Stelle. Wann hat es angefangen, dachte ich, und wo? Draußen, ja, nein, drinnen. Genau, ich hatte den Komposteimer genommen und war in den Garten gegangen, um ihn zu leeren. Und da, als ich am Geräteschuppen vorbeigekommen war, hatte ich es gehört. Dieses Winseln, Schluchzen. Ich war stehen geblieben, hatte gelauscht, aber bloß ein Knirschen vernommen, wie von Gummisohlen auf sandigem Boden. Ich war ins Haus zurückgegangen, hatte in der Küche gestanden und durchs Fenster hinausgestarrt. Eine Viertelstunde lang. Bis sich die Tür des Gartenschuppens geöffnet hatte. Bis ich ihn erblickt hatte. Meinen Mann, Edgar. Er hatte die Tür hinter sich verriegelt und war sich mit der Hand übers Gesicht gefahren. Dann war er langsam auf das Haus zugekommen, über die Schwelle getreten, stumm an mir vorbeigegangen, zu den Schubladen. Ich hatte gehüstelt, und er hatte gesagt: »Hm?« Und ich hatte geantwortet: »Du, also, warum? Nein. Nichts.«

Ein Kind spazierte an mir vorbei, hüpfte zweimal einen Kreis um die Zapfsäulen der Tankstelle. Beim Kaugummiautomaten warf es eine Münze ein, drehte die Flügelschraube um. Still lächelnd und mit dicker Backe schlenderte es davon. Mein Mann, dachte ich, während ich dem Kind nachschaute. Mein unerschütterlicher Edgar. Was tut er da, im Geräteschuppen unseres Gartens?

Ich schluckte meine Verwirrung hinunter, richtete die Frisur, die nicht zu richten war. Dann wandte ich mich um und ging nach Hause. Molkerei, Kindergarten, Bäcker Jost, Post, Dorfladen. Kein Mensch kreuzte meinen Weg.

Wir sind bescheidene Leute. Im Sommer bin ich im Garten, im Winter lese ich, vor allem Historisches und Biografien. Edgar hat seine Schallplatten. Jazz, von den Zwanzigern bis in die Fünfziger, ist sein Spezialgebiet: Chicago Jazz, Bigbands, Bebop. Er könnte ohne Weiteres als Experte wirken oder in einer Wissensshow auftreten. Wenn wir Leute einladen, sehen sie die Sammlung und fragen begeistert nach. Edgar winkt ab: »Ach, nur eine kleine Feierabendbeschäftigung. Ich mag halt die Musik.« Wenn er seine Platten um sich hat, ist er glücklich.

Wir machen gern Urlaub im Elsass. Gran Canaria oder Mauritius, solche Eskapaden brauchen wir nicht. Lieber fahren wir über die nahe Grenze und spazieren und schlemmen zwei Wochen lang zwischen Altkirch und Wissembourg. Außerdem kennt Edgar in der Region einen Jazzspezialisten. Wenn sie sich treffen, gönne ich mir einen Tag allein in Colmar oder Straßburg.

Unsere Tochter kommt seit zwei Jahren nicht mehr mit. Als wir vom letzten Urlaub nach Hause kamen, meinte Edgar: »Die Sache ist ganz einfach. Es ist besser für uns alle, wenn sie nächstes Jahr allein in die Ferien fährt. Sowieso ist sie alt genug.«

»Aber so schlimm war es doch gar nicht«, erwiderte ich, »und am letzten Tag, als wir auf dieser Pferdefarm waren, hat sie sich sogar gefreut.«

»Sie hat sich gefreut, weil wir uns bereits auf dem Nachhauseweg befanden.«

»Ach, Edgar.«

Ich wusste, dass er recht hatte. Es hatte keinen Sinn mehr. Aber auf eine Weise glaubte ich noch immer an den ungebrochenen Wunsch meiner Tochter, jedes Jahr im Juli mit ihren Eltern wegzufahren. Ihre Sommerferien verbringt sie mittlerweile mit ihrer Freundin Stefanie in Locarno. Drei Wochen Strandbad, manchmal shoppen auf der Piazza Grande oder Pizza essen in Ascona. Das ist ihr Programm. »Jedes Jahr das Gleiche«, sage ich zu Edgar.

»Es ist jetzt erst das zweite Mal. Und übrigens machen wir auch jedes Jahr das Gleiche.«

»Oh. Hm. Ja, wir auch.«

»Sie hat es nicht einfach. Gut, ist Stefanie da.«

»Jaja, du hast recht. Gut, ist Stefanie da.«

Ich bin nicht dumm. Aber wenn es um meine Tochter geht, bin ich wie verwandelt. Ich werde zum Wirrkopf, malträtiert von tausend Fragen. Wer, was, wie, warum, wo, wozu? Ich werde zu jemandem, der ich nicht sein will, sage Dinge wie: »Schätzchen, soll ich dir den gestreiften Rock frisch bügeln für morgen? Du wolltest doch in die Stadt.« Dabei weiß ich genau, dass ich ihre Sachen nie bügle, und ebenso genau, dass sie das überhaupt nicht will. Und wenn sie nach Hause kommt, sage ich: »Na, wie war's?«, obschon ich keine Ahnung habe, was sie ständig treibt.

Eine Woche nach Edgars Schleiftag arbeitete ich mich durch den Dachboden und sortierte alten Kram aus. Ich hatte bereits massenhaft Christbaumschmuck, die Kinderski unserer Tochter und weitere Sachen zu einem Haufen zusammengeworfen, als ich auf Edgars alte Truhe stieß. Ich drückte an den Schnappschlössern herum, sie gingen nicht auf.

»Edgar, hilfst du mir mit der Truhe?«

Ich rüttelte an dem Deckel.

»Edgar!«

Ich packte die Schachteln mit dem alten Christbaumschmuck und stieg hinunter.

»Edgar! Deine Truhe. Was machen wir mit der?«

Im Garderobenspiegel kam ich mir staubbetupft entgegen. Schnell bog ich ins Bad ab und wusch mir das Gesicht.

»Und sag mir nicht, du hängst an ihr. Du hast sie seit mindestens zehn Jahren nicht mehr angeschaut.«

Ich suchte nach der Handcreme.

»Eeedgar!«

Ich sah ins Wohnzimmer. Auf dem Sofa lag eine Schallplattenhülle. *Fats Waller Solo, 1920–1929.* Edgar ließ nie Schallplattenhüllen auf dem Sofa liegen.

»Edgar?«

Mein Blick fiel aufs Fenster zum Garten. Hinten der Komposthaufen, daneben der Haselstrauch und der Schuppen. Ich dachte nichts. Ich schaute nur. Und sah. Kompost, Haselstrauch, Schuppen. Dann setzte ich mich in Bewegung. Durch die Haustür ins grelle Licht hinaus. Um den Flieder herum. Über die warmen Steinplatten Richtung Komposthaufen. Schließlich stand ich neben dem Schuppen.

Erst nur Stille. Doch dann. Kleine dumpfe Lautflecken in der lauen Frühlingsluft. Ich bewegte meinen Kopf auf einen Spalt zwischen den Brettern zu.
Sah nicht mehr als einen Schatten. Aber ich erkannte
ihn. Er saß auf einer Gemüsekiste. Er schluchzte. Edgar. Mein Mann.

Zehn Minuten später, ich stopfte die Fastnachts-
kostüme und Skianzüge in einen großen Müllsack,
hörte ich Schritte hinter mir. Ich schaute nicht auf.

»Ach, die alte Clownsmontur. Willst du die wirklich wegschmeißen?«

»Wir brauchen sie nicht mehr.«

»Dieser schöne Stoff. Schade. Aber wenn du
meinst.«

Noch immer schaute ich nicht auf.

»Deine Truhe«, sagte ich. »Wir werfen sie weg.«

»Na gut, von mir aus.«

Ich band den Müllsack zu und sagte: »Die bringe
ich zum Container.«

»Ja ja, mach nur.«

Den schweren Sack über der Schulter, rannte ich, so
schnell ich konnte.

Wochen vergingen. Edgar schaffte es immer, genau
dann zu verschwinden, wenn ich nicht darauf achtete.
Noch zwei- oder dreimal schlich ich zum Schuppen.
Ich brauchte die Bestätigung, ich bekam sie.

Unsere Tochter blieb derweil tagelang weg. Als ich sie einmal erwischte, sagte ich: »Aha, bist auch wieder mal da. Wie geht's Patrick?«

»Er heißt nicht Patrick.«

»Oh. Und wie …«

»Pascal.«

»Pascal?«

Sie wandte sich ab, ich sah in ihren Augen diese Genugtuung aufblitzen, sekundenkurz.

»Kommt er mal zu Besuch, dein Pascal?«

Die Zimmertür schnappte zu.

Meine Tochter weiß, dass ich nicht dumm bin. Aber sie weiß auch, dass ich es nicht besser kann mit ihr. Doch was war mit Edgar? Wie, was, warum, herrje, ich verstand es einfach nicht. Mein Mann will selten sprechen, ich meine wirklich sprechen, also über das, was ihn beschäftigt. Er sagt: »Man muss großzügig sein mit den Widerfahrnissen des Lebens. Es kommt sowieso immer anders, als man will.« Damit hat sich's für ihn. Und ich glaube ihm. Denn er ist tatsächlich großzügig mit den Widerfahrnissen des Lebens.

Was passierte mit uns in diesen Tagen? Wir sind, was weiß ich, wir sind, ach Gott. Ganz gewöhnliche Menschen. Wir wollen nur ein bisschen zufrieden sein. Mehr nicht.

Es war am letzten Schultag vor den Sommerferien, als ich mit einer Freundin zum Biomarkt fuhr, um herauszufinden, ob es bereits Erdbeersetzlinge gab. Wir wühlten uns durch den riesigen Markt, tranken Kaffee, plauderten uns fest. Als ich zurückkam, saß Edgar mit dem noch namenlosen Nachbarn, der kürzlich zugezogen war, im Wohnzimmer. Auf Edgars Schoß lag eine Schallplattenhülle, *Cannonball Adderley, At the Lighthouse,* aus den Lautsprechern erklang ein Saxofon. Der Nachbar nickte mir zu, ohne seine Rede zu unterbrechen. Es ging offenbar um einen Unfall, um Schall und Rauch und viel Trara. Der Mann fuchtelte mit den Armen und quetschte meinen spindeldürren Edgar fast vom Sofa. Edgar lächelte gequält. Ich stellte mich ans Telefontischchen, büschelte die Zeitschriften. Der Mann redete ohne Punkt und Komma. Ich ging wieder nach draußen, zu den Setzlingen. Ich arbeitete wie verrückt. Als ich mich nach einer halben Stunde zwischen Töpfen, Harke und Gießkanne erhob und den Rücken durchstreckte, hörte ich den Nachbarn an der Tür. Nun sprach er über unser Tennisgenie, das seit ein paar Wochen spurlos verschwunden war. Der Junge besaß eine Villa mit viel Umschwung am Hügel oben, war aber noch nie im Dorf gesehen worden. Steueroptimierung sei sein einziges Ziel, pflegte Edgar zu sagen. »So ein Star ist ja für unsereiner ein Buch mit sieben Siegeln«, krächzte nun der Nachbar an der Tür. »Was wollen die überhaupt? Anderer Stern, wenn Sie mich fragen.« Edgar sagte nichts. »Also dann, tausend Dank und bis zum nächsten Mal.« Edgar antwortete einsilbig, die Tür schloss sich. Ich wollte dem Mann nicht begegnen und versteckte mich hinter dem Flieder. Später ging das Fenster auf und Edgars Kopf erschien. »Kleines Gemüsecarpaccio zum Anfangen, gefolgt von Spaghetti alla puttanesca«, verkündete er. Ich nickte. Bevor sein Kopf verschwand, sagte ich: »Warten wir auf Renate. Bitte.«

Um sechs war sie noch immer nicht da. Wieder Edgars Kopf am Fenster, ich zuckte mit den Schultern. Als ich das Werkzeug aufzuräumen begann, sah ich eine Bewegung am Gartentor. Bestimmt ein Kind, dachte ich. Sie spielten manchmal Räuber und Gendarm um unser Haus herum. Ich wischte die Erde zu einem Häufelchen, stapelte leer gebliebene Töpfe. Dann wieder die Bewegung. Ich tat ein paar Schritte um den Flieder herum. Und begriff endlich. Ein Kind, ja, aber ein großes. Ich konnte nicht glauben, was ich sah. Da stieg unsere Tochter heimlich durch das Fenster ins Haus. Sie rutschte auf dem Sims aus, ächzte, ich sah einen glänzenden Streifen auf ihrer Wange, und schon war sie drinnen. Ich stand zwischen Blumentöpfen, Fahrradständer und Haustür. Tausend Fragen wie Blitze hinter meinen Augen. Ich schmiss die Gartenhandschuhe hin, stolperte hinein, eilte die Treppe hoch. Im Badezimmer lief Wasser. Ich klopfte an.

»Darf ich reinkommen?«

Ich wusste, dass sie da war.

»Renate. Lass mich rein.«

»Nein.«

»Ich will dir helfen.«

»Warum?«

»Bitte! Ich habe dich gesehen. Du hast geweint.«

»Ich weine nie.«

»Aber. Du. Hast. Nicht?«

Ich wartete. Sie sagte nichts.

»Bitte mach auf.«

Ich hörte ein Schniefen.

»Ist es wegen Pascal?«

»Was für ein Pascal?«

»Na. Jetzt. Also. Pascal eben.«

»Kenn ich nicht.«

»Renate. Bitte.«

Ich wusste nicht wohin. Hilfe, dachte ich. So helfe mir wer!

»Ach. Renate. Ich komme nachher nochmal.«

Wir aßen ohne sie. Vom Badezimmer drangen Geräusche nach unten. Wasser lief, der Föhn brüllte, dann wieder Wasser, die Spülung, die elektrische Zahnbürste. Bestimmt heult sie die ganze Zeit ins Frottétuch, dachte ich und stocherte in Edgars Carpaccio herum.

Edgar aß und schwieg.

Ich sagte: »Was ist denn, ich meine, warum ...? Nein, egal.«

»Wie bitte?«

»Ich, äh. Ach, vergiss es.«

Ich hob die Gabel an den Mund und pustete.

»Das Carpaccio ist bereits kalt.«

»Ach, wie blöd von mir«, sagte ich, »natürlich!«

Edgar legte seine Gabel hin und starrte mich an. Wieder Blitze in meinem Kopf. Ich packte die erstbeste Frage: »Ich wollte sagen, ich meine, wie hieß dieser Mann nochmal?«

»Schober.«

»Ah. Und, äh, was wollte er?«

»Hat von dem Unfall erzählt und seine Theorie dazu entwickelt.«

»Was für ein Unfall?«

»Ach, stimmt, ihr wart weg. Du hast es nicht gehört. Eine Explosion bei der Fabrik.«

»Huch. Was ist denn explodiert?«

»Einer der Gastanks. Es gab einen Mordsknall. Alle waren da, das ganze Dorf.«

»Oh.«

Ein grollendes Plätschern über unseren Köpfen. Ich hob den Blick an die Decke und seufzte. Edgar stand auf, um die Spaghetti ins kochende Wasser zu geben.

Wir sind keine strengen Eltern, aber wir haben ein paar Prinzipien. Wir versuchen, unserer Tochter Werte zu vermitteln. Wir sagen ihr: Du hast deine Integrität als Person und wir haben unsere. Wir wollen, dass du unsere Integrität respektierst, aber wir und alle anderen haben deine Integrität ebenfalls zu respektieren. Du magst nicht auf Anhieb wissen, worin diese bestehen soll, aber du wirst es wissen, wenn jemand sie nicht respektiert. Dann sollst du mit uns reden. Es ist wichtig, dass du mit deinen Eltern darüber sprichst. Es geht um deine Würde als Mensch und als Frau.

Unsere Tochter ist fünfzehn. Sie ist alles andere als naiv. Aber ich weiß nicht, ob ich sie richtig, also ob sie uns versteht. Sie ist so anders. Nicht nur weil sie ein Teenager ist. Auch als Kind war sie anders. Wollte auf der Straße meine Hand nicht halten, hat nie mit uns gelacht. Heute spricht sie auf eine Weise, dass ich sie nicht mehr verstehe, oder sie spricht gar nicht. Keine Ahnung, ob sie sich über mich lustig macht. Edgar sagt immer – ach, ich weiß gar nicht, was er sagt, aber es klingt jedes Mal so verdammt vernünftig. Ich würde gerne wissen, wo er diesen unendlichen Vorrat an Vernünftigkeit herhat. Doch Edgar kann noch so viel Kluges von sich geben, mein Gefühl bleibt. Dass meine Tochter anders ist, dass sie, ich weiß nicht. Einfach anders ist. Also. Ich. Nein, das heißt, doch, ich schäme mich. Für mich selbst oder für meine Tochter, vielleicht beides. Und ich frage mich ständig: Wie kann es sein, dass wir so unterschiedlich sind? Mit Edgar spricht sie auch nicht, aber Edgar, nun, ich glaube, er versteht sie einfach besser.

Als Edgar sich wieder hinsetzte, blickte ich noch immer zur Decke hoch. Ich wollte an einen von seinen vernünftigen Sätzen denken. Ich holte Atem wie vor einem langen Tauchgang und schloss die Augen. Es geht vorbei, dachte ich. Alles geht vorbei, auch das hier.

Es half nichts. Alles platzte auf einmal aus mir heraus. Ich schmiss mein Besteck in den Teller und gellte: »Warum muss ich hier sitzen und dieses verdammte Carpaccio essen, als ob nichts wäre?« Ich schlug das Besteck mit Wucht in den Tisch. Die Gabel blieb im Holz stecken, das Messer knallte weg, schepperte in eine Ecke. »Und warum ...«, ich hob den Teller auf, stellte ihn wieder hin, »... warum sagt mir keiner, was los ist?«

Edgar. Sein Schweigen.

Renate. Wasser ohne Ende.

»Was passiert mit uns allen? Ich möchte das gerne erfahren! Warum weiß ich nichts über das Leben meiner Tochter? Und warum ist es immer so dunkel in unserem Geräteschuppen? Warum sehe ich nicht, was in diesem Schuppen Woche für Woche geschieht?«

Das Wasser hatte aufgehört zu fließen. Edgar betrachtete still die Reste seines Carpaccios.

»Bin ich so dumm? Sagt, bin ich dumm?«

Schweigen.

Ich nahm den Teller und schleuderte ihn an die Wand. Der Flug endete in einem Klirren, auf das ein feuchtes Platschen folgte. Ich senkte mein Gesicht in die Handflächen und verharrte in der Dunkelheit. Gedanken schossen als Blitze durch sie hindurch. Tief durchatmen, dachte ich. Nicht denken, nur atmen. Duck dich vor den Blitzen, lass sie über dich hinwegrasen.

Minuten vergingen. Ich heulte nicht. Irgendwann legte sich Edgars Hand auf meinen Kopf. Lange blieb sie da liegen, und Edgar schwieg noch immer. Dann erhob er sich, sagte: »Ich räume dann mal auf.« Ich dachte, in der Dunkelheit meiner Handflächen: Nichts bringt meinen Mann aus der Ruhe. Wie schafft er das? Warum rastet er nie aus?

Noch ein paar Minuten versteckte ich mich in meiner Dunkelheit. Dann stieg ich die Treppe hoch. In ihrem Zimmer setzte ich mich aufs Bett. Eine halbe Stunde später kam sie aus dem Bad, knallte hinter sich die Tür zu und ließ sich aufs Bett fallen. Sie landete direkt auf meinem Schoß.

»He! Was denn?«

Ich hielt sie an den Schultern. »Ich bin's. Setz dich neben mich, bitte.«

Sie stand auf und machte sich am Kleiderschrank zu schaffen. Ich sah die Abdeckcreme an ihrer Schläfe.

»Wie auch immer er heißt«, fuhr ich fort. »Hat er dir etwas getan?«

»Sicher nicht.«

»Gut. Ich meine, nein. Nicht gut.«

Sie zog ein Kleidungsstück nach dem anderen aus dem Schrank und ließ es auf den Boden fallen.

»Renate, bitte!«

»Ich muss packen. Für morgen.«

»Renate, was ist passiert?«

»Wo ist mein gelbes Pimkie-Shirt?«

»Renate, sag jetzt!«

»Nichts.«

»Sag!«

»Hab ich ja. Nichts ist passiert.«

»Aha. Nichts. Na dann.«

Ich erhob mich.

»Ich hätte eben«, sagte sie. »Ich hätte. Egal.«

»Was?«

»Es geht dich nichts an.«

»Ich bin deine Mutter.«

»Eben. Darum.«

»Aha. Na dann.«

Ich blickte aus dem Fenster. Tief durchatmen, dachte ich.

»Wenn es Wörter gäbe. Aber es gibt keine«, sagte sie.

»Wie meinst du das?«

»Du glaubst, man kann alles sagen, hm?«

»Nein. Also ja. Was meinst du genau?«

Mit dem Fuß wischte sie den Kleiderhaufen zur Seite.

»Ihr mit euren Werten. Wenn ich diese Werte hätte, wäre ich die Einsamste der ganzen Schule.«

»Was willst du damit sagen?«

»Könnt ihr ja mal nachdenken drüber in den Ferien.«

»Renate«, sagte ich. »Du wirst erwachsen. Du weißt vielleicht noch nicht richtig, welche Werte, ich meine, du weißt noch nicht richtig, was du willst.«

»Ja, stimmt. Ich weiß nicht, was ich will.«

»Genau.«

»Ich muss es herausfinden«, erwiderte sie.

Wir starrten uns an. Wir hätten uns gegenseitig die Köpfe einschlagen können, wir waren so nahe dran, beide. Aber wir rührten uns nicht.

»Du kannst immer mit uns sprechen«, sagte ich.

Ich ging zur Tür. Drehte mich noch einmal um.

»Ich meine jederzeit. Gut? Sag bitte etwas, Renate! Gut?«

Nein, sie sagte nichts. Ich zog die Tür hinter mir zu.

Als ich am nächsten Morgen aufstand, waren beide weg. Im Badezimmerschrank, hinter meiner Bodylotion, fand ich einen Zettel von ihr.

Ihr versteht mich nicht. War schon immer so. Von euch kann ich nichts anderes erwarten. Wenn wir aus dem Tessin zurück sind, werde ich bei Steffi bleiben. R.

Den Zettel von ihm fand ich im Brotkasten.

Ich weiß, dass du Bescheid weißt. Es ist nicht einfach für dich. Aber es ist so. Warum ich weine? Ich weine um die Welt, besser kann ich es dir nicht erklären. Ich will die Welt verstehen, ich will, dass die Dinge beieinanderbleiben, doch sie tun es nicht. Alles fällt auseinander, und ich kann nichts dagegen unternehmen. Also weine ich. Jede Woche einmal. Bitte, lass es mir. Bin ein paar Tage bei meinem Bruder. Alles Liebe, Edgar

Wir sind ganz normale Leute. Wir mögen unsere Arbeit, unser Haus, unsere Freunde. Wir mögen nicht alle unserer Nachbarn, aber die meisten. Wir gehen jedes Jahr ins Elsass, weil es da so normal ist, wir lesen normale Bücher und kochen normale Gerichte. Wir haben eine Tochter, die fünfzehn ist. Wir verstehen sie nicht mehr, sie wird uns immer fremder, und es gibt Dinge, die sie uns nicht erzählt, aber das ist eben so, sagt mein Mann. Sie liest Zeitschriften, in denen Menschen vorkommen, die nicht ihre Vorbilder sein sollten, sie zieht Sachen an, mit denen ich nicht einverstanden bin. Das ist eben so, ja, Edgar, ich verstehe schon. Doch was ist das für eine Kraft, die uns auseinanderreißt?

Ich weiß nicht mehr, wie lange ich vor dem Brotkasten stand. Auf dem Fenstersims landete eine Elster, wiegte zuckend ihren pechschwarzen Kopf, Tautropfen verdunsteten im Garten, die Sonne jagte einen klobigen Schatten um unser Haus herum. Und irgendwann setzten sich meine Beine von allein in Bewegung. Ich trat aus der Haustür. Vorne auf der Straße ging der Dorfstrolch vorbei. Er war in eine orange Arbeitsmontur gehüllt. So hatte ich ihn noch nie gesehen. Sein Kopf wackelte weich auf dem Hals, er schien ein Selbstgespräch zu führen. Ich hatte ihn auch noch nie reden gehört. Der hat seine Welt, dachte ich, und keiner wird sie ihm je wegnehmen. Ich schaute ihm zu, bis er nicht mehr zu sehen war, dann bewegte ich mich in Richtung Garten. Ich trat an den Schuppen heran, öffnete den Verschlag. Ein Wald von Harken,

Spaten, Rechen. Der Handrasenmäher, Übertöpfe, Untertöpfe. Und die leere Gemüsekiste. Ich schloss den Verschlag, tappte mit den Händen im Dunkeln herum, ertastete die Kiste.

Kaum hatte ich mich hingesetzt, kam es. Sanft, aber unaufhaltsam. Kleine, dumpfe Lautflecken schwirrten durch die Dunkelheit, es knirschte auf dem sandigen Boden, Tränen perlten von meinem Kinn. Der Tag löste sich auf, und es gab kein Oben und kein Unten mehr. Als ob das Ende der Zeiten gekommen wäre.

Zugzwang

Ich habe immer nur ein Bier genommen. Nach dem letzten Schluck sofort wieder nach Hause, ohne Ausnahme. Wenn ich in meinem verpfuschten Leben etwas gelernt habe, dann dies: Streng mit sich selber sein, sonst ist es zu früh zu spät. Also immer nur ein Bier, bis zum Ende aller Tage.

Und Heinz? Niemand weiß es, nicht mal die Katzige. An jenem Tag saß er bei ihr, als ob es nie anders gewesen wäre. Vor sich das Glas, irgendwo zwischen voll und halb leer. Als er bei halb leer angekommen war, machte er mit dem nächsten Schluck ganz leer, ließ das Glas mit dem gekippten Schaumrand in der Luft tanzen und machte einen blöden Spruch: »Katzige, tust du mir bitte die Luft hier raus?« Eine halbe Minute später stand ein neues Glas vor ihm. Keiner konnte es glauben, keiner, der ihn vorher gekannt hatte.

Heinz war schon immer da gewesen. Ich hatte seine Geschicke stets nur aus der Ferne verfolgt, denn etwas in mir wusste, dass er mir zu sehr ähnelte und ich ihn deshalb meiden sollte. Nichts in mir wusste hingegen, dass Heinz mir vorausging und mir eines Tages den richtigen Weg weisen würde. Ich würde es erst im letzten Moment erfahren.

Fünfzehn Jahre lang hatte er beim Bauern Hartmann als Knecht gedient. Er hätte immer dort bleiben können, denn bei Hartmann war er aufgehoben. Und weil Hartmann ein Stolzer war, war auch Heinz ein Stolzer. Man soll das nicht verteufeln, das Knechttum, es ist nur das Wort, das so unmenschlich klingt. Heinz war fleißig, immer bereit, er konnte auch gut mit dem Vieh. Doch eines Tages ging es zu Ende mit Hartmann, das Vieh wurde versteigert, der Hof begann zu verfallen, und Heinz stand da mit leeren Händen. In dem ganzen Unglück zeigte wenigstens einer Erbarmen und schenkte ihm ein Zelt aus alten Armeebeständen. Es war mickrig, aber der kurzgewachsene Heinz konnte problemlos darin stehen. Er richtete sich auf der Gemeindewiese ein, ganz am unteren Rand, wo der Feldweg zum Wald hinüberzieht. Das ging in Ordnung, sie wussten, so einen wie ihn konnte man nicht in den Türkenblock stecken. Tagsüber stand Heinz fortan an der Straße, die Hände in den Hosentaschen, und wartete.

Ich selber nickte ihm bloß zu, wenn ich mich auf den Weg in die Hirscheneck machte. Seine Grimasse im Rücken, schlurfte ich die Straße hinunter, überquerte den löchrigen Parkplatz und stieg die Treppe hoch. Ich stieß die Tür auf, umrundete den gläsernen Fischteich, ging am Stammtisch vorbei, nach hinten ans Fenster, ich setzte mein Hinterteil sachte auf den Stuhl, und mein Bier kam an der Hand der Katzigen herangeflogen, die ihren Lippen ein seelenloses »Wohl bekomm's!« entließ, sich umdrehte und mit den Hüften ein paar Stühle zurechtschubste, ich setzte an, nahm drei kräftige Schlucke, stellte das Glas zurück, wischte mit dem Handrücken den Mund ab. Und dachte keine Sekunde an Heinz, der noch immer auf der Straße stand und wartete.

Zweimal täglich ging ich in die Hirscheneck, um mein Bier zu trinken. Obwohl ich denen nicht zuhörte, die sich am Stammtisch das Neueste und das Immergleiche erzählten, perlte die Geschichte des Dorfes tröpfchenweise in mein Gedächtnis. Ich sprach mit niemandem, doch es gab nichts, worüber ich nicht Bescheid wusste. Auch über Heinz war ich informiert.

Zwergenheinz hatten sie ihn früher genannt. Inzwischen war er immun gegen solchen Spott. Die aufstrebenden Dorfprinzen und Jungrüpel erfanden neue Namen für ihn, wofür sie von den Älteren gescholten wurden. Er hat's nicht leicht, sagten sie, und die jungen Leute fühlten sich erst recht gekitzelt. Koboldenheinz, Spatzenheinz, Stinkpfropfen, Glotzstecken. Heinz stellte die Ohren auf Durchzug. Und wartete.

Um sein Zelt herum begannen sich alsbald undefinierbare Gegenstände anzusammeln. Allerlei Unbrauchbares fand seinen Weg zu einem, der nichts zu tun hatte und sich vorbereitete auf die Zeit, in der es wieder etwas zu tun gäbe. Kesselartige Hohlkörper, birnenförmige Wurfdinger, hanfgrobe Tarnobjekte. Eckiges, Geschnitzeltes, Schaumwucherndes. Man warf im Vorbeigehen einen flüchtigen Blick darauf und dachte sich: Bald holen sie ihn ab, den Verlumpten. Und es kam der Tag, als es die Gemeinde tatsächlich nicht länger tragbar fand. Heinz wurde sanft, aber bestimmt in die zivilisierte Welt einverleibt und landete im Türkenblock. Neben der Wohnung, als kleines Zugeständnis, stellte man ihm eine Garage zur Verfügung. Sie war in kürzester Zeit heillos überfüllt.

Heinz hielt sich kaum in seiner Wohnung auf. Was hätte er da auch machen sollen? Er war Knecht, hatte immer nur seinen Verschlag gehabt bei Hartmann. Manchmal sah man ihn auf dem Vorplatz der Garage, die Hände nicht in den Hosentaschen, sondern an einem Besen. Aber es funktionierte nicht. Er konnte an diesem Ort nicht wischen, so wie bei Hartmann, wenn die schwere Arbeit getan war. Und während er an der Straße auf bessere Zeiten hoffte, verwaiste das Zelt auf der Gemeindewiese, bis es eines Tages unerwartet in meinem Garten stand. Die drei Jungs, die ihr Hauptquartier unter meinem Kirschbaum haben, hatten sich einen Jux erlaubt und warteten auf eine Reaktion von mir, aber den Gefallen tat ich ihnen nicht. Ich saß unbewegt am Fenster und wartete auf meinen nächsten Biertermin.

Nachdem Heinz zwangsumgesiedelt worden war, versuchte ich mein stummes Nicken auf dem Weg in die Hirscheneck mit einem gütigen Lächeln anzureichern. Mehr schaffte ich nicht. Alle Aufmerksamkeit, die ich aufbringen konnte, gehörte meinem Morgen- und meinem Nachmittagsbier. Denn irgendwo, das habe ich in meiner vermurksten Laufbahn gelernt, irgendwo muss man sich festhalten, in dem ganzen Nichts braucht man zwei Griffe, die einen daran hindern, zu Boden zu gehen. Zweimal fliegender Humpen, wohl bekomm's.

Die Hirscheneck war damals die einzige Trinkstelle, die noch infrage kam. Kurz zuvor waren im Dorf gleich zwei Restaurants geschlossen worden. Der Löwen war immer zu schick für die Biertrinker und am Schluss zu wenig schick für jene Leute gewesen, die seine Gäste hätten sein müssen. Der Wirt vom Eichhörnchen hatte sich in den Bankrott gesoffen. Übrig geblieben waren der Müllerhof, wo Politik gemacht wurde, und eben die Hirscheneck, ein Haus ohne Gesicht. Die Innenausstattung aus den sechziger Jahren war nie erneuert oder aufgefrischt worden, und auch die Menüs waren die gleichen wie damals:

Schweinswurst im Speckmantel, Fleischvogel an Jägersoße, Zander im Bierteig, alles mit reichlich Zahnstochern gespickt. Vielleicht war die Hirscheneck gerade deshalb beliebt – kein Speiselokal, das man sich gegenseitig empfahl, man ging einfach hin und brauchte darüber nicht nachzudenken. Freilich, für die Biertrinker war die Katzige mit dem Raubtierblick durchaus ein Grund. Aber das zählte am Abend nicht mehr, wenn der Wirt den wahren Umsatz machte. Die Leute konnten hier essen, ohne dass sie allen die Hand schütteln mussten wie im Müllerhof, danach einen Absacker nehmen und nach Hause gehen.

Heinz selbst war nie in einem Restaurant gewesen. Als Knecht war er früh aufgestanden, hatte bis zum Eindunkeln gearbeitet und dann vielleicht noch eine Sendung geschaut in Hartmanns Stube. Auf jeden Fall immer früh zu Bett. Weil er ja am nächsten Tag wieder früh aufstand. Er wollte nie etwas anderes. Wenn gemolken werden musste, molk er, wenn der Klauenschneider kam, half er beim Klauenschneiden, und wenn der Platz vor dem Stall dreckig war, wischte er.

Jetzt gab es keinen Hof und keine Stube mehr, und vielleicht stand Heinz bloß an der Straße, weil er nicht wusste, wie das geht: hinein in die Wirtsstube, das leere Glas in der Luft tanzen lassen, bei der Katzigen ein paar Sprüche machen. Bald schien es, als ob er immer näher bei der Hirscheneck stünde, denn jedes Mal kam mir die Zeitspanne zwischen meinem gütigen Lächeln und meiner Ankunft in der Hirscheneck kürzer vor. Möglich, dass etwas in mir zu begreifen begann, dass sein Warten und seine Grimasse kein Hilferuf, sondern eine Aufforderung waren, mit ihm zusammen in der Wirtsstube die Welt auf den Kopf zu stellen. Doch ich hatte Angst vor ihm, und ich wollte die Welt so, wie sie war, deshalb verkroch ich mich lieber im Haus, als einmal zu viel nach draußen zu gehen.

Ich hatte das Haus damals von den Eltern geerbt, und seine obere Hälfte war schon lange unbenutzbar. Wenn ich mit den Händen im Schoß dasaß, kratzte und wuselte es ständig, die Wände bewegten sich langsam Richtung Boden, in den Ecken bildeten sich kleine Geröllhalden. Aber das Darben hatte nicht nur mein Haus ergriffen. Fabrizierte ich beim Gang in die Hirscheneck auf Heinz' Höhe ein Lächeln in mein Gesicht, sah ich die ehemaligen Gastwirtschaften Löwen und Eichhörnchen, die wie ausgetrocknete Geschwüre an der Straße standen. An anderen Orten hatte sich das Dorf erneuert, heiter getünchte Wohnwürfel waren gebaut worden, deren Bewohner am Sonntag ihre Gärten striegelten und wochentags im Kombi zur Arbeit in die Stadt fuhren. Ihre geölte Zuversicht verstärkte nur meinen Trotz. Ich hockte in meinem Haus wie ein alter Dachs in seinem Bau, ich sprach mit keinem, aber jeder im Dorf wusste Bescheid über mich. Jeder wusste, dass ich diese Körbe flocht und alle zwei Monate auf einen Markt fuhr, um sie zu verkaufen. Ich nahm nie irgendwo teil, und doch war ich aufgehoben. Ja, aufgehoben ist das richtige Wort.

Wäre mir in dieser Zeit ein Gedanke gelungen, hätte ich ihn den Geschwulsten auf dem Körper des Dorfes und dem Knecht auf dem Abstellgleis gewidmet. Ich hätte mich gefragt, was mit solchen wie Heinz und mir passierte, solchen Verlorenen, Armseligen im Geiste. Aber ich wagte keinen Gedanken. Ich hatte das nie gelernt, mit diesem Vater, der einem den Mut abgebunden hatte wie ein überflüssiges Gliedmaß. Einem Vater, der von einem Tag auf den anderen nicht mehr da gewesen war und dessen Erbe meinen Bruder und mich uns gegenseitig die Köpfe einschlagen ließ. Seit achtundzwanzig Jahren gab es nur noch mein Haus, die Straße, die Hirscheneck. Seit achtundzwanzig Jahren wartete ich auf den Hauch, der alle meine Fragen neutralisierte, der Antwort auf alles wäre.

Wenn ich dasaß und wartete, rieselten zahllose Bilder wie ein trostloser Landregen durch meinen Kopf. Nur selten konnte ich eines von ihnen festhalten, wie dasjenige vom ehemaligen Eichhörnchenwirt. Mit seiner Plastiktüte, in der sich die Weinflaschen abzeichneten, zog er manchmal seine Runden durchs Dorf, und wenn er einem begegnete, konnte man nicht anders, als ihm hinterherzuschauen: erst die Ausfallstraße einschlagend, später einen Feldweg, steuerte er auf einen Hügel zu, seine Gestalt im gebürsteten Grün der Wiese immer kleiner werdend, um schließlich hinter dem Hügel zu verschwinden. Und man stellte sich hinter dem Hügel einen alleinstehenden Baum vor, zwei bastgeschürzte Flaschen in der Wiese, die Tüte, schließlich den Wirt selbst, im Schatten des Baums schlafend, auf seinem Gesicht eine Fliege, kleine Zufallsmuster tänzelnd. Und man dachte: einsamer alter Eichhörnchenwirt. Doch wer wusste schon, ob er einsam war. Vielleicht war er aufgehoben wie nie unter seinem Baum. Vielleicht musste man sich in den Bankrott saufen, um alle Fragen zu neutralisieren.

So verging die Zeit, und ich bemerkte noch immer nicht, dass Heinz mir längst den Weg wies. Zwei Tagesbiere zogen mich pünktlich in die Hirscheneck, und während ich an ihm vorbei zu meiner Tränke schwebte, schien mir, als ob wir beide immer durchsichtiger würden, bis ich irgendwann tatsächlich durch ihn hindurchwandelte, sein Grinsen auf mein Trauergesicht übergriff, meine Hände in seine Hosentaschen schlüpften. An jenem Tag, als wir beide auf der Straße vollends unsichtbar geworden waren und ich mich zum ersten Mal nach ihm umblickte, an jenem Tag geschah es.

Keiner konnte es glauben, der ihn vorher schon gekannt hatte, am wenigsten ich selbst. Als ich mit dem Drei-Uhr-Schlag in die Gaststube der Hirscheneck trat, erblickte ich ihn sofort, präzise und prägnant wie die Faust aufs Auge. Er saß am Stammtisch, umringt von den vier oder fünf üblichen Nachmittagstrinkern, vor sich ein Bier, irgendwo zwischen voll und halb leer. Unten trug er eine leuchtend orange Hose, oben eine ebensolche Jacke. Er sagte: »Ich bin jetzt beim Kanton«, und zeigte auf die Brusttasche seiner Leuchtjacke. Straßeninspektorat, stand da, weiß auf orange. »Wisst ihr, da hat man schon eine Verantwortung, beim Kanton.« Und dann strahlte er.

Er erzählte von Rissen und Schlaglöchern, von Winterfrost, ausgebleichten Mittellinien und kaputten Leitplanken. Das Bier in der Faust, wollte er nicht mehr aufhören zu reden. Heinz, der nie etwas getrunken hatte. Heinz, der nie jemandem von seiner Arbeit erzählt hatte. Der früher immer nur gemolken und gezettelt und geholzt und gewischt hatte. Über den zahllose Sprüche kursierten, der selbst aber nicht wusste, wie man einen Spruch klopfte und ihn die Runde machen ließ.

»Ich weiß schon, was ihr denkt. Aber so ist es nicht. Beim Kanton ist es anders.«

Kleiner Schluck.

»Beim Kanton geht's zack zack. Nichts mit den ganzen Tag Kaffee trinken und so.«

Die Stammtischsitzer nickten.

»Das wisst ihr nicht, doch wenn's sein muss, arbeiten wir auch über Mittag. Eine abgerutschte Straße kann verheerende Folgen haben. Kürzlich hatten wir eine Unterspülung. Wir die ganze Sache herausgerissen, Fundament neu gelegt, Unterbelag, Oberbelag, Markierung, ruckzuck, alles in einem Tag. Da könnt ihr nur staunen, aber ich mach euch keinen Vorwurf. Warum solltet ihr's besser wissen.«

Großer Schluck.

»Katzige, noch ein Zwischenbier für mich vor dem nächsten? Danke, Schatz.«

Die Katzige fauchte kaum hörbar.

Heinz nahm das neue Glas in Empfang und wandte sich mir zu. Er hielt den Kopf schräg, sagte: »Schön, dich zu sehen, Freysinger. Auf eine gute Zusammenarbeit. Prost!« Er zwinkerte und setzte an. Stellte das Glas ab und redete weiter.

Noch eine Weile saß ich da, still an meinem Bier nippend. In meinem Kopf tat sich etwas, aber ich verstand es nicht. Schließlich legte ich das abgezählte Geld hin und ruckelte meine Beine unter dem Tisch hervor. Die Katzige schaute mir stumm nach, als ich aus der Tür verschwand. Ich trat auf die Straße, eine Elster flog an mir vorbei, eine Frau schob ihr Fahrrad über das Trottoir. Ich setzte mich in Bewegung. Schlug den Weg ein, den ich immer einschlug. Nach

Hause, weil ich nach dem Bier immer nach Hause ging.

Was tat sich in meinem Kopf? Es hatte mit Heinz zu tun, aber auch mit, womit noch? Etwas in mir wusste genau, was es war, aber ich hatte keine Worte dafür. Ich blickte suchend zum Himmel hoch, und in diesem Augenblick schoss ein gewaltiger Donner durchs Dorf, ich duckte mich, schloss die Augen und ich wusste, dass es jetzt gleich über mich hereinbrechen würde. Das, wofür ich keine Worte hatte. Das Echo des Donners verzog sich, ich öffnete langsam die Augen. Und erblickte es.

Über mir ein Balkon, ein Geländer, ein Gesicht. Wie ein blasser Mond mit Schlitzaugen und Strichmund. Ich kannte es nur zu gut. Noch immer hatte ich keine Worte, aber nun wusste ich alles wieder, sah die ganze Niedertracht meines Lebens in dem Gesicht, die Angst und die Trauer, und ich begriff, dass ich auf der Stelle an etwas Gutes denken musste, um dieses Gesicht zu überleben. Ich schloss die Augen abermals, die Welt verschwand hinter dunklen Vorhängen. Da erinnerte ich mich an sie.

Marisa. Eines Tages vor dreiunddreißig Jahren stand sie in der Korbwerkstatt meines Vaters, eine Sagengestalt in Wanderschuhen, abgeschnittenen Jeans und Batikleibchen. Ich war eben von der Arbeit gekommen – damals war ich Maler auf den Baustellen der Gegend –, stellte mich an die Tür und beobachtete sie. Jeden einzelnen Korb nahm sie in die Hand, drehte und beschnupperte ihn. Erst als ich ein Räuspern hören ließ, wandte sie sich um.

»Oh. Hallo.«

Ich sagte nichts.

»Die sind schön«, sagte sie. »Hast du sie gemacht?«

»Mein Vater.«

»Verkauft er sie?«

»Mein Vater ist tot. Wer bist du?«

»Er hatte Talent.«

»Schon möglich. Wer bist du?«

»War bestimmt ein exzentrischer Mensch.«

»Ich habe mich nicht um ihn geschert.«

»Und er sich nicht um dich.«

»Kann man durchaus so sagen.«

»Und du hast ihn dafür gehasst.«

»Wer bist du?«

»Tust es immer noch. Mit aller Leidenschaft.«

»Wer bist du?«

Sie musterte mich von Kopf bis Fuß. Ich ließ es über mich ergehen.

»Wer ich bin? Die von da oder dort. Die von überall.«

Sie lächelte wieder. Ich sah diese komischen Holzmurmeln in ihrem Haar. Sie gefielen mir.

»Kennen wir uns?«

»Vielleicht. Vielleicht nicht«, sagte sie und lachte laut auf.

Marisa blieb. Zwei Jahre nach dem Tod der Eltern füllte sie das Haus mit ihrem Appetit auf die Welt. Sie wollte alles sehen und berühren. Sie baute die Küche um, riss Wände heraus, konstruierte schwindelerregende Möbel. Auch ich schlug hier und dort einen Nagel ein, nahm manchmal einen Pinsel in die Hand. Am liebsten jedoch überließ ich ihr die ganze Arbeit und sah zu, wie sie sich den Staub lachend aus dem Gesicht wischte. Wenn sie so weitermacht, dachte ich, ist das Haus in ein paar Jahren durch ein neues ersetzt. Sie wütete pausenlos, Verputz und allerlei Isoliermaterial flogen uns um die Köpfe. Kreative Zerstörung, nannte sie es und jauchzte. Ich jauchzte mit.

Aus dem Nichts war sie gekommen. Eine Weltenbummlerin, die auf ihren Reisen überall und nirgends gewesen war. Sie kannte die Kontinente, ohne sie benennen zu können. Allen Orten hatte sie ihren eigenen Namen gegeben, und so machte sie es auch mit diesem Dorf, mit diesem Haus, mit mir. Mein Leben mit ihr war eines, von dem ich nie geträumt hatte. Aber es war das richtige, das beste Leben. Wir ehrten es laut und furchtlos. Ich ging nur noch unregelmäßig auf die Baustelle, reparierte manchmal etwas für einen Nachbarn. Zusammen verkauften wir die Körbe meines Vaters, von denen im Schuppen Dutzende herumlagen. Später überredete sie mich, selber zu flechten. Wir könnten problemlos davon leben, meinte sie, zwei Körbe pro Woche, mehr Geld bräuchten wir nicht. Wir brauchten in der Tat fast nichts, wir hatten uns, wir hatten das Haus, wir hatten die Welt, die Marisa mit ihren ranken Händen eroberte.

Die Leute schwiegen. Doch sie missgönnten mir das Glück nicht. Sie wussten, wie unser Vater gewesen war. Sie dachten wohl: Dem darf es jetzt auch mal gut gehen. Ich war sicher, dass mein Bruder genauso dachte, denn in seinem Innersten wusste er, dass nicht ich an seinem Unglück schuld war. Seit wir uns um das Haus gerauft und ich den Sieg unter zwei Angsthasen davongetragen hatte, war er für immer verschwunden. Irgendwo, stellte ich mir vor, sitzt er und wartet das Ende des Wartens ab, das Ende seines Unglücks und seiner Mutlosigkeit.

Marisa, mein dahergelaufener Traum. Sie erwähnte nie etwas. Keine Sehnsucht, kein Reißen. Als ob sie das Nomadenleben für immer hinter sich gelassen hätte. Doch ihr Rucksack blieb die ganze Zeit in derselben Ecke stehen. All ihre Sachen waren da drin, während wir dem Haus meiner Eltern neues Leben einprügelten, zu zweit durch die Wälder zogen, mit den Jungs auf der Straße Fußball spielten. Wir lausten uns, schlugen uns, liebten uns, alles in so maßloser

Weise, dass die Nachbarn die Augen verdrehten. Und der Rucksack stand die ganze Zeit da.

Ich hatte nie verstanden, wie sie ihre Entscheidungen fällte. Vielleicht ließ sie einfach die Dinge über ihr Leben entscheiden, so wie damals, als die Körbe im Schuppen sie festgehalten hatten. Eines Tages musste sie über den Rucksack gestolpert sein und sein Anblick wird etwas in ihr ausgelöst haben. Eines Tages war sie weg, und ich wusste, sie würde nicht mehr zurückkommen.

Ich öffnete die Augen, sah einen Garten, einen Baum und einen braunen Opel. Was war geschehen? Nach und nach erinnerte ich mich. Die Hirscheneck. Heinz. Der Donner im Himmel. Das Mondgesicht. Ich unter dem Balkon, der dunkle Vorhang vor meinen Augen. Marisa. Und dann? Ich musste mit geschlossenen Augen weitergegangen sein, denn das hier vor mir war mein Garten, mein Kirschbaum, und das da drüben war mein Haus, und dort mein Opel, braun wie ein Haufen Mist.

Erst jetzt sah ich auch die Leute auf der Straße. Alle rannten sie mit glühenden Augen in dieselbe Richtung. Hatte es mit dem Donner zu tun? Musste ich auch rennen? Eine vierköpfige Familie hetzte an mir vorbei. Mit ihren acht Augen guckte sie mich an, als ob ich die Weihnachtsbescherung verpasste.

Nein, ich würde nicht rennen. Ich hatte anderes zu

tun. Während ich der Familie nachblickte, näherte ich mich wie von einem Geist geleitet dem Auto. In meiner Hosentasche klimperte es. Ich blickte an mir hinunter und sah in meiner Hand ein Schlüsselbund. Die Hand hob sich, führte den Schlüssel an das Schloss. Die Autotür knarrte, ich ließ mich auf den Sitz plumpsen. Tür zu, Schlüssel ins Zündschloss, Kupplung durchgedrückt, Bremse leicht angetippt. Ich drehte den Schlüssel um. Ein Brummen unter meinem Hintern, die Rückspiegel verdunkelten sich.

Als das Dorf hinter mir lag, kurbelte ich das Fenster herunter. Der Hauch in meinem Gesicht erfasste alle Fragen, alle Antworten und wehte sie davon. Mein rechtes Bein streckte sich, der Motor heulte auf. Grün und Braun und Gelb rasten an mir vorbei, am Horizont stand ein schwarzer Rauchpilz. Ein Menschenschatten tauchte vor meiner Kühlerhaube auf. Ich trat auf die Bremse, riss das Steuer herum, der Schatten flitzte knapp an mir vorbei. Im Rückspiegel sah ich den kleinsten der drei Jungs, die ihre Sitzungen unter meinem Baum abhalten, auf seiner Schulter trug er ein Schmetterlingsnetz. Er blieb auf der Straße stehen und schaute mir nach. Ich hob die Hand, er winkte mit seinem Netz zurück. Ich bin sicher, dass er mir eine gute Reise wünschte. Wieder setzte ich den Fuß aufs Gaspedal und drückte durch.

In meinem Kopf glomm eine Erinnerung. Ich erkannte das Mondgesicht vom Balkon, wie eine Moränenlandschaft sah es aus, in ihrer Mitte zwei verwelkte Augen, an denen das Unglück und die Mutlosigkeit nagten. Mein Bruder, dachte ich. Was haben wir uns gegenseitig für ein Leben beschert? Ich fühlte eine Wut, ich wünschte mir eine Prügelei herbei. Der Zeiger auf dem Tachometer bewegte sich weiter, unter meinem Hintern begann der Sitz zu zittern. Vor meinem inneren Auge erschien Marisa und drängte den mondgesichtigen Bruder weg. Ich dachte an ihre Flucht, ihr altes und ihr neues Leben. Wie viele neue Leben hatte sie in den letzten achtundzwanzig Jahren angefangen? Der Motor dröhnte, ich klammerte meine Hände fest um das Lenkrad. Heinz erschien in meinem Gedächtnis und scheuchte Marisa übermütig weg. Ich sah ihn ganz genau, den ausgemusterten Knecht, der sich in der Hirscheneck ein neues Leben erfunden hatte. Ich dachte: Alles hat er richtig gemacht. Und ich habe nicht bemerkt, dass er immer auf meiner Seite war.

Das Gaspedal meines Opels erreichte den Anschlag, die Karosserie rumpelte. Ich schaute zum Seitenfenster hinaus. Wie ein Funkenregen sauste die sommerliche Revue durch mein Blickfeld. Ich sah Blumenfelder, Radfahrer, Schmetterlinge, ich roch das Heu, spürte die Hitze. Und alles verschmolz ineinander. Ein Heulen erklang aus meinem Mund. Eine Träne zog eine nasse Linie über meine Schläfe.

Durchbruch

Bereits im Mai herrschte eine Bullenhitze. Sie raffte die Alten dahin wie die Fliegen, während die Jungen begannen, sich wüsten Trinkgelagen hinzugeben. Jeder Tag heißer als der andere, und nach Sonnenuntergang kühlte es kaum ab. »Wir erleben tropische Nächte«, sagten die Meteorologen in der Tagesschau und erklärten stolz, was eine tropische Nacht ist. Einige hier in der Straße verlegten ihr Nachtlager auf die Gartenterrassen. Man hörte sie im Dunkeln mit den Campingbetten hantieren, manchmal riefen sie einen Spruch in die stickige Nacht, ein Spruch kam zurück, und so ging das hin und her. Nicht dass ich da mitgemacht hätte, im Gegenteil, aber was wollte man schon ausrichten dagegen. Auf diese Weise dümpelten alle gedankenlos dem Sommer entgegen, bis Hösli kam und seine Frage stellte.

In jenen Tagen hatte ich nichts als Scherereien. Unser Sohn hatte wieder einmal eine neue Firma gegründet, das heißt, er brauchte Geld. »Powerteam Direct Marketing« hieß das neue Ding. Ich wollte gar nicht wissen, was er den Leuten diesmal andrehte. Dann unsere Tochter. Kein Schulabschluss, kein Mann, drei Bälger. Das ganze Jammertal ist damit abgesteckt. Zwei Tage bevor Hösli mit seiner Frage kam, hatte sie meinen Passat in ein Bachtobel gefahren.

Die Frage erwischte alle auf dem falschen Fuß. Niemand wusste, wann der Nette zuletzt gesehen worden war. Hinter meiner Hecke orakelten die Nachbarn, wo er sich aufhielt, und ließen eine Plattitüde nach der anderen vom Stapel. Gegenseitig versicherten sie sich, dass er immer ein netter Kerl gewesen sei. Sollen sie doch weiterfaseln, dachte ich. Ich hatte Besseres zu tun. Seit zwei Jahren war ich frühpensioniert und widmete die meiste Zeit dem Garten. Nun hatte ich begonnen, einen alten Plan in die Tat umzusetzen: Ich grub mich in die Erde. Man kann das ruhig wörtlich verstehen. Der Plan war, ein Schwimmbassin zu bauen. Ich und meine Schaufel würden uns in die Tiefe arbeiten. Ein Bekannter, der bereits einen Pool hatte, würde mir später mit dem Gussbeton und der Auskleidung helfen.

Was ich damals nicht wusste: In dem Augenblick, als ich zum ersten Stich ansetzte, gab es bereits kein Zurück mehr. Denn was ich hier unternahm, hatte nicht nur mit mir zu tun, sondern auch mit den Nachbarn hinter der Hecke, meinen missglückten Kindern und, ja, auch mit dem Netten. Während ich mit der Schaufel ausholte, um meinem Rasen den ersten Hieb zu geben, ertönte hinter mir ein Rülpser. Ich drehte mich um und sah nur graue Schlabberhosen, Filzpantoffeln, eine Hand mit Kaffeetasse. Gleich, das wusste ich, würde sie sich in die Hollywood-schaukel setzen und die Pantoffeln von den Wasser-füßen schütteln. Seit Jahren gingen meine Frau und ich uns aus dem Weg. Wenn wir uns im Haus zufällig begegneten, kämpften wir uns aneinander vorbei wie zwei schwerfällige Tiere in einem zu kleinen Bau. Ich wandte mich wortlos um und holte erneut aus. Die Schaufel bohrte sich in die fette Erde meines Grund-stücks.

Ein Swimmingpool hatte mir noch gefehlt. Im Jahr davor hatte ich das Gartenhäuschen fertiggestellt, mit Steingrill, fließend Wasser und allem Drum und Dran, den großen Teich mit Inselchen und Sitzbank gab es schon länger. Jetzt also der Swimmingpool. Ohne Whirl und das ganze Pipapo. Acht Meter lang, vier breit, zwei tief. Täglich arbeitete ich ab acht Uhr, um zehn gönnte ich mir ein Bier. Mit ausgestreckten Beinen saß ich auf der Granitbank und konnte mich nicht sattsehen an dem gestochen scharf ausgeschnit-tenen Erdloch. Gestört wurde ich nur von den Groß-mäulern, die sich meine Hecke ausgesucht hatten, um ihre Meinung über den Netten zu verbreiten. Selbst-verständlich war auch Hösli dabei. Hösli redet viel, wenn der Tag lang ist, und man muss erst mal eine

Weile weghören, bevor er etwas Gescheites sagt. Die von der Hirscheneck wissen, was ich meine. Doch dieses Mal war es anders. Seine Frage nach dem Netten war Thema Nummer eins. Huber, Seniorpartner von Huber + Huber in Rente, vermutete eine persönliche Krise. Jahre des Hin- und Herfliegens, der sich dicht an dicht folgenden Turniere könnten auch am Netten nicht spurlos vorübergegangen sein, meinte er. Völlig fertig sei der, ergänzte Hösli, der komme nicht mehr zurück. Vielleicht, warf Kahl von der Querstraße linker Hand ein, habe er sich in einem Sanatorium verschanzt oder auf einer einsamen Insel. Er würde zwei, drei Monate Energie tanken und danach in neuer Frische weitermachen. Blödsinn, keifte einer, der sich Schober nannte und den ich nicht kannte, der sei voll im Saft, so einer brauche keine einsame Insel, höchstens mal eine andere Frau, denn neben diesem Hausdrachen würde er noch draufgehen. Pausenlos redeten sie, Nachdenken stand nicht auf dem Programm. Doch auch ich war nicht schlauer. Ich hatte keine Ahnung, was der Nette wollte, und es würde noch eine ganze Weile dauern, bis ich begriff, wohin ich mich mit meiner Schaufel grub.

Vier Wochen später war der Nette immer noch nicht zurück. Endlich ließen sich auch die Nachrichten dazu herab, die Meldung durchzugeben. Im Fernsehen stellte sich alle paar Tage einer hin, der behauptete, ihn gesehen zu haben. In einer Moskauer Disco beim Abtanzen oder in einem österreichischen Bergkaff beim Quadfahren. Ein Kolumnist berichtete, in der Namibwüste habe er am Steuer eines Hummer gesessen, oder war es ein Blogger gewesen? Ich weiß es nicht mehr. Was die Jungen alles sind, kann unsereiner nicht mehr auseinanderhalten. Jedenfalls, der Nette kam nicht zurück. Das ist die Tatsache. Der Nette blieb weg und alle schwitzten, dösten, prügelten sich durch den Sommer.

Eines Abends – es muss etwa Mitte Juni gewesen sein –, als ich auf der Terrasse ein Bier trank und mein Tagewerk begutachtete, hörte ich hinter mir ein seltsames Kratzen. Ich blinzelte in die Dämmerung und erkannte meine Frau. Sie hatte sich auf einen Gartensessel gesetzt. Ich musterte sie lange. Wann hatten wir eigentlich zum letzten Mal geredet? Würde ich ihre Stimme wiedererkennen? Ich sagte: »Was meinst du, Luise? Wo ist er hin, der Nette?« Sie sah aus wie ein Wesen, bei dem nicht klar wird, was vorne und was hinten ist. Ich wandte mich ab, und während ich die Flasche an meinen Mund hob, dachte ich an die Zeit, als meine Hände dieses Gesicht gesucht hatten, die Lippen, damals noch kurvig und ein einziges Versprechen, die grünen Augen zwei Seen ohne festen Grund, die Brauen ein vollendeter Triumphbogen. Eine Zeit, die nur noch als schwaches Glimmen in meinem Gedächtnis ruhte.

»Irgendwo ist er wohl.«

Ich stierte ins Halbdunkel. Hatte meine Frau eben gesprochen? War das ihre Stimme gewesen?

Ich sagte: »Wo denn?«

»Wenn er da ist, ist er da, wenn er dort ist, ist er dort.«

Sie erhob sich, in der Hand wie immer die Kaffeetasse, auf der Nase eine Brille, die aussah, als ob sie sich an dem unwirtlichen Ort für immer festgekrallt hätte. Langsam schlurfte sie ins Haus. Ich nahm mir ein neues Bier aus der Kühlbox.

Während ich an der Flasche nuckelte, dachte ich über meine Familie nach. Alles, was diese Brut am Laufmeter produzierte, war Ungemach und Schwachsinn. Ein Sohn, dem ich seit zwanzig Jahren mein Vermögen nachwarf, um ihm seine lausigen Illusionen zu erhalten. Eine Tochter, die von einem Schwerenöter an den anderen geriet und sich von jedem ein Geschenk in Form eines quengelnden Wichts mitnahm. Eine Frau, deren Gestalt immer mehr einem Termitenhügel glich, der sein Inneres vor aller Welt verbarg. Warum bestraften sie mich für all die Mühe, all das Rackern? Ich nahm einen großen Schluck und versuchte, mir etwas Schönes zu wünschen, etwas, das ich die ganzen Jahre von meiner Familie nie bekommen hatte. Aber ich hatte keine Ahnung, was das sein könnte.

Am nächsten Tag war ich noch früher auf als sonst. In diesen Wochen waren die ersten Stunden des Morgens die erträglichsten. Niemand störte mich, klumpige Braunerde flog in Schippenhäufelchen aus dem Aushubloch. Irgendwo ist er wohl. So ein Mumpitz, dachte ich. Ich grub und grub. Aber wo war er denn, wo? Wenn er da ist, ist er da – was für eine Idiotie. Wenn er dort ist, ist er dort – Bockmist. Ich drosch meine Schaufel so fest in die Erde, dass sie Dellen bekam. Ich grub und grub und grub.

Erst später sollte ich begreifen, dass es keine klügere Antwort auf das Verschwinden des Netten gab. Wenn er da ist, ist er da, wenn er dort ist, ist er dort. Wie recht meine Frau hatte! Sie hatte die klügste Antwort gegeben, weil es keine Antwort auf die Frage nach dem Netten gab. In Funk und Fernsehen redete man inzwischen pausenlos von ihm, jeden Tag gab es einen neuen Vorschlag, wo er sich aufhielt. Doch hier, wo man ihn kannte, weil er hier wohnt, hier trieb die Werweißerei die schlimmsten Blüten. Huber senior erkannte den roten Audi A8 des Netten nach eigenen Angaben auf hundert Meter. Bevor dieser abgetaucht war, hatte Huber deshalb immer genau Bescheid gewusst, wann der Nette sich in der Gegend aufhielt. »Sie haben ihn also gesehen?«, fragte Schober Huber.

»Ja, klar, es war sein Audi A8«, antwortete Huber Schober. »Aber ihn selbst, den Netten, meine ich!« Ja, freilich, es sei sein Audi A8 gewesen, das sei allseits bekannt, dass das sein Audi A8 sei, wegen der Nummer und den verdunkelten Scheiben und überhaupt, das wisse man.

So also hatte Huber ihn jeweils gesehen. Als Audi A8 mit einer bestimmten Nummer, verdunkelten Scheiben und überhaupt. Andere beschwörten, ihn manchmal auf dem Tennisplatz zu sehen. Er trainierte schon lange nicht mehr hier, er hatte seinen Privattrainer, konnte ganze Hallen für sich mieten. Was hatte er also auf unserem Tennisplatz getan? Ein paar Games Tennis gespielt, mit Leuten geschwatzt und im Klubhaus ein Isostar oder Red Bull getrunken? Oder war er einfach nur als Audi A8 mit einer bestimmten Nummer am Gelände vorbeigefahren?

Der Schlimmste von allen war Kahl. Er war Mitglied im Tennisklub und ließ das alle wissen. Wenn ein Turnier stattfand, war er immer dabei. Wenn es ein Jubiläum gab, kümmerte er sich um die Getränke. Dieser blasierte Schwätzer behauptete eines Tages an meiner Ligusterhecke: »Er wollte ja damals, dass ich persönlich sein Material betreue, er wünschte das ausdrücklich, aber ich sagte nein. Ich war mir zu schade, stellen Sie sich vor, ich war mir zu schade für ihn.« Ich ließ ihn kommentarlos stehen.

Nun war der Nette weg, und meine Frau war die Einzige, die nie behauptet hatte, ihn gesehen zu haben. Als ich sie eines Nachmittags beim Gang aufs Klo auf dem Sofa entdeckte – eine Patchworkschildkröte inmitten von Patchworkkissen –, fragte ich: »Kommt er jemals wieder zurück?« Sie klappte ihren Mund auf und zu, doch ich konnte keine Laute vernehmen. Als ich eine Viertelstunde später mit der Zeitung in der Hand aus der Klotür trat, sagte sie: »Wer?«

Ich begriff erst nicht, dann sagte ich: »Na, der Nette!«

»Wohin zurück?«

»Was weiß ich. Nach Hause. Zu uns, wo er hingehört.«

»Hier drin ist er immer woanders«, sagte sie, kramte in den Illustrierten auf dem Sofatisch und zeigte mir die Bilder: der Nette und seine Freundin an einem Charity-Anlass, der Nette und sein Audi A8 vor dem Eiffelturm, der Nette mit Sponsoren auf dem Jungfraujoch. Ich schüttelte den Kopf und ging nach draußen.

Die Welt hatte in jenen Tagen offenbar beschlossen, sich dem Irrsinn hinzugeben. Vielleicht war die Hitze daran schuld, vielleicht die Konstellation der Sterne, wie eine Astrologin im Radio bekanntgegeben hatte. Ich wollte nicht mehr darüber nachdenken und verschanzte mich in meinem Loch. Der Boden wurde allmählich steiniger, die Schaufelspitze begann sich zu krausen, ich trieb sie dennoch weiter mit Fußtritten in den Grund, bis ein metallischer Schlag durch meine Glieder fuhr. Ich war auf Fels gestoßen. Es ging nicht weiter. Der Bekannte mit dem Pool kannte einen Baggerführer. Dieser sah sich die Sache an und winkte ab. »Ich sag Ihnen gleich, wie's ist«, verkündete er, »das ist eine Kalksteinschneise, da kommen Sie nur noch mit Sprengen weiter.«

Ich grub an verschiedenen Stellen neu, stieß aber immer wieder auf den Fels. Dann beschloss ich, nur noch in der anderen Hälfte des Lochs weiterzugraben, also da, wo kein Fels war. Ich wollte einfach nur graben, graben. Die Erde an dieser Stelle war weiterhin schön weich, bald sah man meinen Kopf nicht mehr, ich war schon auf zwei Meter fünfzig Tiefe und grub immer weiter. Als ob ich den Fels gesucht hätte an dieser Stelle, aber er kam nicht, also wurde das Loch immer tiefer, drei Meter und mehr.

Noch immer begriff ich nicht, wohin dieser Weg führte. Aber vielleicht hatte sich bereits eine Ahnung in mir festgehakt. Vielleicht spürte ich, dass dort in der Tiefe unten kein Nachdenken mehr nötig war und jene Wünsche auf mich warteten, über die ich noch nichts wusste, oder, noch viel besser, mein anderes Ich, in das ich schlüpfen würde wie in einen Helden-

Overall. Jede einzelne Schippe, die ich ans Tageslicht wuchtete, war der Funke eines künftigen Glücks. Und oben quietschte die Hollywoodschaukel und ab und zu erklang das Geräusch von Kaffeetasse auf Untertasse und still schwebte über dem Loch die Frage meiner Frau: Wohin zurück?

Es war in der heißesten Zeit dieses Sommers – um genau zu sein, war es der 4. Juli, an den sich alle erinnern, weil an diesem Tag ein Hooligan bei der Fabrik herumzündelte und einen Gastank hochgehen ließ –, als ich einen Jungen in meinem Garten erwischte. Ich weiß nicht, wie er sich Zugang verschafft hatte, aber da stand der Flegel in meinem Teich und fuchtelte mit seinem Schmetterlingsnetz herum. Der sollte seine Lektion haben, das war klar, doch plötzlich begann er so jämmerlich zu heulen, dass ich ihn gehen ließ. Nicht aus Mitleid, nein, aus Ekel.

Am nächsten Tag fand ich einen Rucksack im zertrampelten Ufergewächs. Mit dem Rechen lüpfte ich ihn aus den scharfkantigen Schlingen heraus. Er war voller Kleiner-Junge-Krimskrams: Taschenmesser, Würmer, Reagenzgläser. Ich schleuderte alles in den Garten des Nachbarn schräg hinten rechts und dachte: Was ist los mit unserer Zeit? Werden sie alle wahnsinnig da draußen, jenseits meiner Hecken? Erzählen Märchen über einen Tennisspieler, der bloß in Ruhe gelassen werden will, und lassen ihre eigenen Kinder verwildern? Und dann dachte ich an meine eigenen Kinder und fragte mich, ob alle, die auf uns folgen, unweigerlich verwildern und uns selbst mit in ihre Verwilderung reißen.

Als ich Tage später mein Zehn-Uhr-Bier aus dem Kühlschrank holte, klingelte das Telefon. Ich hob ab und prompt drang ein Wortschwall auf mich ein. Unsere Tochter. Das Thema war ein Angebot im Neckermann-Katalog: »Eine Woche dreihundertneunundvierzig Euro, hoteleigener Strand und Kinderrutschbahn. Das ist Last-Second, ich muss heute noch zusagen!« »Wer«, antwortete ich, »zahlt eigentlich den Blechschaden meines Passats?« Sie sagte etwas von peinlicher Rostlaube und Fremdschämen, ich hörte nicht genau zu. Stattdessen starrte ich auf den stumm laufenden Fernseher und sah einen Mann in weißer Hose und Hawaiihemd über einen Strand schlendern. Die Worte meiner Tochter drangen an meinem Ohr vorbei. Irgendwann sagte ich: »Jaja, schon gut, ich übernehme es.« Ein weiterer Redeschwall folgte, ich hielt mir das kühle Bier an die Stirn. Dann plötzlich ein Satz, der mich aufhorchen ließ: »Da können die noch lange diskutieren, er hatte keine Lust mehr, geht das den Leuten nicht in den Kopf?« – »Wer?« – »Na, wer denn? Der Süße natürlich.« – »Du meinst den Netten.« – »Ja, nett ist er auch, aber was ich sagen will ...« Ich nahm die Fernbedienung vom Sofatisch und drückte auf Vol. +. Eine Schlagermelodie schwoll in den Raum. Ich drückte auf Vol. –. Die Schlagermelodie zog sich in den Glotzkasten zurück. »... und weißt du was«, schnarrte die Stimme meiner Tochter, »es ist so einfach, ihn zu durchschauen. Ich kann es kaum glauben, dass niemand darauf kommt. Er will nur so sein wie wir, denn über uns alle weiß niemand Bescheid, und so will er auch sein, keiner soll über ihn Bescheid wissen, er hat das Recht dazu, und deshalb hat er genau das Richtige gemacht. Dass er sich nie mehr blicken lasse!« – »Soso«, murmelte ich. Ich drückte auf Play und nichts passierte. »Er könnte bei mir wohnen«, sagte sie und kicherte. »Warum soll er bei dir wohnen wollen?«, fragte ich. »Na, weil er genug von dieser Hexe hat. Er will eine richtige Frau, die ihm seine Wünsche von den Lippen abliest«, blaffte meine Tochter zurück. »Er will also mit drei Plärrkindern in einer schäbigen Zweizimmerwohnung hausen«, konterte ich, »und in den Sommerferien nach Rimini fahren und dort in einem verdammten Neckermannhotel schlafen und am Proletenstrand liegen, und diesen Job will er auch haben, deinen Elendsjob, natürlich will er das, er will den ganzen Tag Parkbußen verteilen und sich von gebeutelten Automobilisten anschnauzen lassen, aber selbstverständlich.« Unser Telefongespräch endete wie immer. Sie greinte. Ich schwieg. Der singende Strandcowboy war von einem dicken Paar auf einem Sofa abgelöst worden. Ihre Füße berührten nur knapp den Boden, beide schienen sich großartig zu amüsieren. Ich ließ meine Tochter eine halbe Minute weiterheulen. Dann legte ich auf.

Vor mir stand meine Frau. Ich sah sie stumm an. Sie sagte: »Er kann unseren Pool graben.« – »Wer?« – »Der Nette«, antwortete sie. Ich wollte sie fragen, wie sie auf diese Idee komme, aber sie war bereits davongeschlurft. Hatte sie »der Nette« gesagt oder war das nur ein Rülpser gewesen? Ich dachte: Wie ist der Nette eigentlich gewesen? Das heißt, wie ist er wirklich gewesen – nicht so, wie sich die Leute an ihn erinnern –, sondern wirklich, also in echt?

Ich trank mein Bier aus, ging nach draußen, stieg in den kühlen Schacht. Als ich zu rackern begann, hatte ich noch immer nicht aufgehört, an ihn zu denken. Nett, ja, klar war er nett gewesen, aber auch peinlich. Alle hatten ihn ein wenig gehasst, weil er ihnen zu ähnlich war. Wenn man ihn im Fernsehen sah, beim Interview, wie er rot wurde vor Scham und Stolz, wenn er nach seiner Freundin gefragt wurde, dann fand man ihn immer noch nett, aber es war einem unwohl dabei. Er wusste keine rechte Antwort, kratzte sich an der Nase, murmelte einen halbwegs korrekten Standardsatz, blickte schräg am Interviewer vorbei, kratzte sich wieder an der Nase, wusste noch immer keine rechte Antwort, kicherte blöd. Man wollte nicht wie er sein, denn man wollte nicht wie man selbst sein. Nie hatte das jemand ausgesprochen, ich auch nicht, aber ich dachte es, während ich in meiner Grube unten malochte und mir den Schweiß von der Stirn wischte.

Es kam einem in jenen Tagen vor, als ob die Zeit stillstehen würde. Die Gluthitze, das Warten auf den Regen, das ständige Gefühl leichter Betrunkenheit. Die Meteorologen, diese allabendlichen Tunichtgute am Schluss der Tagesschau, erlangten den Rang von Chirurgen, Kartellüberwachern, Richtern. Jeden Tag saß man vor dem Fernseher und wartete auf ihre Show. Hier in der Gegend lief eine ganz andere Show, nicht weniger töricht als die der Meteorologen. Huber senior bewässerte mitten in der Nacht seinen Garten und glaubte, niemand höre es. Unbekannt lud per Handzettel ein zur »Fidelen Sommernachts-Party mit Begleitung und/oder Anhang. Ort wird noch bekanntgegeben«. Ein dorfbekannter Herumtreiber wurde tot aufgefunden, die Polizei konnte Mord nicht ausschließen. Ich fragte mich, ob wir uns am Ende alle gegenseitig abmurksten, wenn das so weiterging mit dieser Hitze. Und als ich eines Morgens wegen der schwieligen Hände kaum weitergraben konnte, dachte ich, dass Sprengen vielleicht doch die Lösung war. Jetzt, wo es nicht mehr drauf ankam, könnte ich gleich den ganzen Garten umsprengen, den Fels hervorholen, und mir fiel der Hooligan ein, der die Fabrik in die Luft gejagt hatte. Das hätte zu meinem Sohn gepasst, dachte ich. Mit einem Riesenknall seine eigene Verwilderung besiegeln. Vielleicht würde er es eines Tages noch tun.

Die tropischen Nächte nahmen kein Ende, aber ich bekam davon nicht mehr viel mit. Meine Frau hatte ich schon lange nicht mehr gesehen, die Stimmen hinter der Hecke hörte ich auch nicht mehr. Ich grub nur noch. Der Abraum blieb bei mir im Loch und machte dasselbige immer schmaler.

Wie war der Nette wirklich gewesen? Je weiter ich mich von der Erdoberfläche entfernte, desto besser verstand ich ihn. Vor langer Zeit, stellte ich mir vor, hatte er sich selbst gemocht, aber sein neues Selbst, das im Fernsehen zu bestaunen war, das kichernde, murmelnde, sich an der Nasenspitze kratzende, hatte er längst zu hassen begonnen. Er hasste es genauso wie die Menschen, die sich um ihn scharten, genauso wie die Frau an seiner Seite, die ihn einmal die Woche ranließ und die übrige Zeit dafür sorgte, dass er immer proper auf dem Tennisplatz stand.

Wo war er hingegangen? Niemand hatte das Anrecht, eine Antwort auf diese Frage zu bekommen. Der Nette war jetzt der ehemals Nette. Er war jetzt irgendwo, dort oder hier, jedenfalls an einem Ort, wo er sich selbst mögen durfte, wo jene Wünsche auf ihn warteten, über die er noch nichts wusste. Dass er sich nie mehr blicken ließe!

Das Tageslicht drang kaum noch bis zu mir hinunter. Ich wusste nicht, wo mein Weg endete, aber ich war sicher, dass es bald so weit war. Bald wäre ich dort, wo ich meinen Frieden hatte, wo es keinen Schwachsinn und keine verwildernden Kinder mehr gab, wo ich für immer verstummen durfte.

Finten

Man wusste nie, wann es so weit war. Von einer Sekunde auf die andere konnte Igor verstummen, und Manu schloss sich ihm sofort an. Als ob sie einen Geheimcode hätten. Klugscheißer, dachte Fred. Zugegeben, Igor war tatsächlich der Klügste von ihnen. Er konnte endlos lange Sätze bilden und wusste immer, wann man besser aufhörte mit Herumblödeln im Klassenzimmer. Manu war auf seine eigene seltsame Art klug, vielleicht eher gescheit, aber auf seltsame Art. Dennoch ging Fred das alles gehörig auf die Nerven.

Viertletzter Schultag. Sie saßen im Freysinger'schen Dreieck von Kirschbaum, Opel und verwildertem Garten. Wütend warf die Sonne ihr Licht von sich, und das Dorf ließ einzelne Geräusche hören, spitz wie ein Fingerknacken: Ein Hund erlitt einen Bellanfall, sein Herrchen belferte zwei Silben in die Luft, ein Motorrad feuerte drei Kanonenschüsse ab. Igor und Manu schwiegen. Fred war sauer.

»Keine Ahnung haben sie, diese Versager. Sie wissen gar nichts«, begann er. Igor und Manu verharrten in ihrer Schweigstarre. »Laufen ihr die ganze Zeit hinterher, diese Psychos, und kapieren nicht, was sie will.« Fred schaute in den Baum hoch und pflückte die Wünsche der Unausgesprochenen von den Ästen. »Kein Wunder. Man muss eben eine gewisse Reife haben, um sie zu verstehen. Aber wem erzähle ich das, ihr wisst nicht einmal, worum es geht, ihr Nulpen.« Ihm war nicht ganz klar, was er mit Reife sagen wollte, doch etwas anderes fiel ihm nicht ein.

»Ich weiß schon, was ihr denkt. Aber Renate ist anders. Sie will das alles nicht, was sie hat.«

Fortgesetztes Doppelschweigen.

»Schwachköpfe!«

Fred stand auf und kämpfte sich durch die Vegetation in Freysingers Garten. Bärenklau und Löwenzahn flogen durch die Luft.

»Mann, so werden wir noch in tausend Jahren hier sitzen. Und wenn ihr den ganzen Tag diese Quengelfratzen ziehen wollt, bleibe ich nächstes Mal gleich zu Hause.«

Es war alles andere als eine Quengelfratze, die Igor zog. Fred wusste das. Igors Gesicht war viel komplizierter. Man sah darin eine Familie, die in Igors Erinnerung nur als Lücke existierte, eine Mutter, die von einem Tag auf den anderen zum Gespenst geworden war. Man konnte seinem Gesicht auch ablesen, dass er noch nie in Urlaub gefahren war und dass er im Gegensatz zu Fred wusste, wie man eine Sechzig-Grad-

Wäsche macht oder eine italienische Salatsauce. Fred aber sah in diesem Moment nichts als Quengelfratzen.

»Mann, ihr Kretins. Man könnte mal wo hingehen, aber nein, ihr wollt bis ans Ende eures Lebens hier rumsitzen.«

Fred schleuderte einen Stein nach einer Katze. Sie flüchtete ins Gestrüpp. Dann begann er, um das alte Zelt herumzutrotten. Sie hatten es vor ewigen Zeiten in einem Container gefunden und Freysinger in den Garten gestellt, der sich davon nicht beeindrucken ließ. Es sah mittlerweile aus wie versteinert. Als Igor aufstand, schaute Fred demonstrativ weg. Als Igor losmarschierte, schaute er wieder hin. Als Manu ebenfalls aufstand und Igor folgte, riss er die Arme in die Luft.

»Wohin, Leute?«, rief er.

»Egal. Hauptsache, wir gehen«, sagte Igor.

»Aber ...«

»Wir gehen einfach. Klar?«

»Ja, schon klar. Kein Problem. Wir gehen.«

Und sie gingen.

Die Straße hinunter, beim verlassenen Hof vom alten Hartmann nach rechts, weiter den Bach entlang. Sie gingen, und das war's. Erst Igor, dann Manu, dann Fred. Im stillen Marsch quer durchs Dorf, einszwodreivier, einszwodreivier. Sie nahmen den Weg, der über einen Steg den Bach querte, es folgten Fachwerkhäuser, ein roter VW Käfer, eine Trafostation. Vor der Metzgerei Stoll sahen sie einen nervösen Hund und einen gelben Citroën mit knisternder Motorhaube. Igor blieb stehen. Manu reckte den Kopf, Fred hüstelte. Ein Mann trat aus der Metzgerei, in der Hand ein Stück Wurst, und der Hund sprang wie eine Feder in die Luft. Igor wandte sich nach links, Manu und Fred ihm nach. Einszwodreivier, einszwodreivier. Straße hinauf, später wieder hinunter, rechts, links, rechts, zickzack, ringelum und immer weiter, bis sie Heinz in die Arme liefen.

»Ho, Heinz«, rief Fred.

Heinz war nur zur Hälfte zu sehen. Er hob sich aus einer Hecke und blinzelte sie schief an.

»Heinz«, fuhr Fred fort, »machst wieder mal die Straßen unsicher? Wir kennen dich schon. Pass auf.«

Heinz streckte ihnen stumm eine dreckverkrustete Münze entgegen. Er strahlte. Dann bückte er sich und verschwand in der Hecke.

Einszwodreivier, Straße hinunter, Straße hinauf, links, rechts, links, immer weiter. Fred wollte etwas über Heinz sagen, doch als er Igors Blick sah, beschloss er, darauf zu verzichten.

»Heinz ist glaubs ein bisschen behindert«, sagte Manu.

»Heinz hat eine Explosion überlebt«, erwiderte Igor, ohne zurückzuschauen.

»Wie bitte?«

»Lecke Gasleitung im Haus, als er noch ein Junge war. Die ganze Bude ging in die Luft, nur Heinz stand da, mit pechschwarzem Gesicht und angesengten Haaren. Seit da hört er auf einem Ohr nichts, deshalb hält er den Kopf schräg. Behindert ist er nicht, nur komisch.«

Fred stieß einen Pfiff aus und blickte zurück, aber Heinz war nicht mehr zu sehen.

»Heinz ist schon recht«, fuhr Igor fort. »Er lässt Schorsch ab und zu in seiner Garage schlafen.«

Fred versuchte, sich Heinz und Schorsch als Freunde vorzustellen. Der Versuch scheiterte. Manchmal sah man Schorsch gegen eine Hecke plaudern, und jeder, der vorbeiging, musste denken, dass da jemand hinter der Hecke steht und ihm zuhört. Aber Schorsch tut nur so, dachte Fred, denn keiner will mit ihm plaudern. Selbst Heinz nicht.

»Heinz ginge gern mehr unter die Leute«, sagte Igor über die Schulter.

»Manchmal steht er mit dem Albaner aus seinem Block vor der Garage herum«, erwiderte Manu.

»Der will ihm nur den alten Plunder abkaufen, aber Heinz weigert sich.«

Einszwodreivier, quer über die Straße, zurück, nach links und weiter. Fred ließ den Blick durch die Gegend schweifen. Er sah Hecken und durch ihre Lücken noch viel mehr. Hasenställe, Bierdosenhaufen, Frauen im Bikini auf dem Liegestuhl, die Luft um sie herum durchweht von gedämpftem Radiogedudel.

Er fragte sich, wo Renate jetzt war. Postplatz wahrscheinlich, mit ihrer Freundin. Vielleicht aber auch nicht. Denn wer wusste schon, was Renate wollte und was sie tat. Vielleicht war auch sie im Garten, ganz allein. Alles Mögliche war möglich. Fred stellte sich ein Meer von Blumen und Gräsern vor, und mittendrin Renate, sich im Bikini auf einem Liegestuhl räkelnd, ein pralles Bündel voll geheimer Wünsche. Das eine Bein hatte sie leicht angezogen, auf ihren Lippen saß ein Lächeln, auf der Nase die Sonnenbrille. Ganz allein saß sie da, ganz still. Alles Menschenmögliche konnte man sich vorstellen. Diesen Hintern zum Beispiel, der einen runden Ball in den Stoff des Liegestuhls drückte. Diesen leichten Schweißglanz an der einen Stelle dort, oberhalb von, also genau in der Mitte zwischen, und auch weiter unten ein glitzernder Fleck, etwas seitlich von, ganz knapp daneben. Nichts war unmöglich. Und Fred dachte an die Reife, und dass er im Grunde genommen keine Ahnung hatte, wie er mit ihr, und was, und überhaupt. Und er fand, dass ihm der Mut viel lieber war, mit ihm konnte er etwas anfangen, da war ihm sonnenklar, wie er, und was, und überhaupt. Und er kniff die Augen fest zusammen und biss auf die Lippen, und plötzlich wurde der Garten seiner Vorstellung von einem Getöse erschüttert, Blumenbeete flogen davon, Rasenstücke, Sträucher, alles wurde weggeratzt, und eine Staubwolke hüllte alles ein. Und während Renate sich die Fetzen aus dem Haar schüttelte, erschienen aus dem Staubnebel Fred und sein Freund, der Mut, und Renate trat mit rußgeschwärztem Gesicht auf Fred zu und lächelte ihn an und stellte sich auf die Zehenspitzen und schloss die Augen und.

Und dann stolperte Fred in Manu hinein, und beide rissen gemeinsam Igor mit, und zu dritt landeten sie auf dem warmen Asphalt. Igor riss sich stumm los, stand auf und ging weiter. Manu hielt sich die Hand an den Kopf, verzog das Gesicht, stand auf und ging weiter. Fred schaute hinter sich, drehte sich wieder um und dachte an alles Mögliche und begriff in diesem Moment, dass der Mut eine Bombe war, die die Angst in Stücke riss. Und stand auf und ging ebenfalls weiter.

Straße hinunter, um die Ecke, Seitenwechsel, geradeaus, zum Dorfbrunnen. Eine Katze mit löchrigen Ohren saß auf dem Brunnen und verfolgte ihren Weg.

»Woher hat Heinz eigentlich diesen Striemen im Gesicht?«, fragte Manu.

»Von der Geburtszange. Er wollte nicht raus auf die Welt«, sagte Igor.

»Woher weißt du das?«

»Weiß ich nicht. Aber sieht man ihm an. Wie er dasteht.«

Weiter ging es. Einszwodreivier, schmale Treppe hoch, einszwodreivier, weiter zum großen Parkplatz hinter der Hirscheneck. Grasbüschel zwischen Betonplatten, zerfetzte Feuerwerkskörper im Gestrüpp.

Striemen, Geburtszange, dachte Fred. Ihn hätte es nicht verwundert, wenn alles stimmte. Igor kannte alte Geschichten von den Leuten, obwohl er nie mit ihnen sprach. Bestimmt hatte es mit seiner Mutter zu tun. Wenn sie etwas sagte, verstand Fred kein Wort, doch Igor war immer klar, was sie meinte. Und wenn sie plötzlich laut durch die Nase zu schnaufen begann und sich Bläschen an ihren Nasenlöchern bildeten, hätte Fred jeweils am liebsten Leine gezogen. Igor hingegen nahm die Mutter am Arm und führte sie zu ihrem Schaukelstuhl, damit sie sich beruhigte. Was wusste Igor eigentlich über Renate? Was wusste er über ihre Geheimnisse, ihre Zukunft? Igor wäre imstande zu sagen: »Sie wird Flight Attendant und heiratet einen Fußballspieler. Sieht man ihr an. Wie sie dasteht, auf dem Postplatz, und sich die Haare um den Finger kringelt.« Und diese Prophezeiung wäre imstande, sich zu erfüllen. Nur weil Igor sie ausgesprochen hatte.

Igor blieb stehen, und zum ersten Mal schien es, als ob auch Manu ihm nicht trauen würde.

»Da vorne gibt's einen Teich«, sagte er.

Igors Blick folgte Manus Zeigefinger.

»Jede Menge Frösche. Auch Wasserbienen. Und Blutegel. So lang.« Manu streckte beide Hände im Abstand von zwanzig Zentimetern in die Höhe. Igor schaute sich die Geste an. Er sagte kein Wort.

Weiter, immer weiter. Zurück zur Hauptstraße, erneuter Seitenwechsel, ein paar Sträucher, dahinter ein Mäuerchen, dahinter ein feuchter, dunkler Hof, dahinter ein Dutzend ausgeweideter Autos, dazwischen hohe Grasbüschel, wieder ein Sträßchen, eine Brücke, eine Werkstatt. Manu schaute zu Fred zurück. In seinem Blick lag Ratlosigkeit.

Er würde jetzt nichts mehr sagen, beschloss Fred. Sich nur noch treiben lassen. Alles käme, wie es kam. Und kommen würde es sowieso. Die Welt kann gar nicht anders, dachte er und musste leise kichern, sie ist ständig in Bewegung, und ich brauche bloß zu warten, und Renate, hihi, Renate ist selber eine Bombe, liegt auf ihrem Liegestuhl und tickt, hoho, und kann überhaupt nichts tun dagegen, sie tickt und tickt und tickt und fragt sich, woher es denn kommt, dieses Ticken, hebt die Sonnenbrille, schaut um sich, sieht nur Blumen, Gras und Bienen, schüttelt den Kopf, senkt die Sonnenbrille wieder auf die Nase, schließt die Augen und tickt weiter, tickt und tickt, haha, und dann.

Und dann stolperte Fred schon wieder in Manu hinein, der ihn diesmal auffing, und er hörte eine tiefe

Stimme, die sagte: »… ach, ich gieße nur die Pflanzen für jemanden. Ein Freund. Zwei Wochen Kreta.«

Fred rieb sich die Augen. Vor ihnen stand Schorsch.

»Und sonst?«, fragte Manu. »Was läuft?«

»Nichts. Freut euch eurer Torheit, denn dahinter wartet das Unglück. Und hinter dem Unglück kommt nichts mehr. Vergesst das nie, Jungs, nichts kommt mehr.«

Schorsch blickte Fred schweigend an. Und zottelte davon.

»Was mit dem los ist?«, fragte Manu.

Igor sagte nichts und ging weiter.

Alles ist gleichzeitig, dachte Fred, den Trott wieder aufnehmend. Was wird, ist schon längst da, und was nicht mehr wird auch, und was schon war sowieso. Und wenn er genau hinhörte, konnte er auch schon Renates Ticken vernehmen, und er dachte: Bald ist es so weit, Renate, bald wirst du von deinem Liegestuhl wegkatapultiert und fliegst im hohen Bogen durch die Luft, und ich fange dich auf, und du wirst mich aus deinem kohlerabenschwarzen Gesicht anlächeln und auf die Zehenspitzen stehen, und deine Augen werden sich schließen und.

Und auf Freds Gesicht machte sich ein Lächeln breit, so breit, wie es auf seinem Gesicht noch nie zu sehen gewesen war, so breit, dass Manu und Igor nun stehen blieben und es betrachteten wie eine Sonnenfinsternis, beide schauten sie an ihm hoch, und Fred schaute ebenfalls hoch, direkt in die Krone von Freysingers Kirschbaum. Sein Blick schwebte haltlos im Geäst und sank langsam hinunter.

»Es tickt«, sagte er, »hört ihr's?«

Igor und Manu schauten ihn stumm an.

»Tick-tack, tick-tack, hihi.«

Igor und Manu schauten sich gegenseitig an.

»Jetzt ist nachher, hoho, und vorher ist jetzt.«

Freds Lächeln zog sich noch mehr in die Breite.

»Und nachher ist vorher«, sagte Manu, »immer das Gleiche, haha.«

»Mann, Mann«, sagte Fred.

Igor sagte nichts.

Hinterhalt

Jeden Morgen das Gleiche. Sein Gesicht über der Balkonbrüstung, aufgedunsen. Von der Zigarette in seinem Mund steigt ein gequirlter Rauchfaden hoch. Er blickt dem Rauch hinterher, kratzt sich im strähnigen Haar. Dann fährt seine Hand in die Trainingshose und kratzt dort weiter. Aschekrümel wehen davon, der Rauch malt flüchtige Zeichen in die Luft.

Halb acht. Zu dieser Stunde sitze ich längst am Fenster. Ich habe auf dem Bett liegend die Dämmerung abgewartet, mich in die aufrechte Position empor- und auf den Rollstuhl hinübergewuchtet. Die Wolldecke über die Beine geschlagen, wurde ich Zeuge des beginnenden Tages. Ein glühender Kondensstreifen am Himmel, zwei Elstern im Baum, der Professor auf dem Weg zur Haltestelle. Jeder Tag eine Laborsituation, die Versuchsreihen werden ständig neu aufgestellt.

Mein Tee ist ein Darjeeling, mein Frühstück ein trockener Müsliriegel. Ich schaue meiner Hand zu, die den Riegel aus der Verpackung schält. Vorsichtig führt sie ihn an den Mund. Ich beiße ein winziges Stück ab und kaue langsam. Dann senke ich meinen Kopf zum Okular des Fernrohrs. Ich sehe wieder sein Gesicht und das Kratzen im fettigen Haarnest. Gleich wird er die Zigarette am Balkongeländer ausdrücken. Was weiter passieren wird: Er geht hinein für die morgendliche Sitzung, exakt zehn Minuten später erscheint er erneut auf dem Balkon, mit Kühlbox und Glas, mit Zigaretten und Aschenbecher. Er installiert seinen massigen Körper am Campingtisch, öffnet die Kühlbox, sucht sich die Weinflasche für den Morgen aus. Schenkt ein, schaut um sich, trinkt. Nach und nach beträufelt sein Blick voller Bitterkeit, Angst und Ranküne die kleine Welt vor dem Balkon und der Aschenbecher füllt sich.

Ich ziehe mich zurück. Es folgt der schwerste Teil meines Tages. Seit zwanzig Jahren meistere ich diese Stunde allein. Ausziehen, Darm entleeren, duschen, abtrocknen, rasieren, anziehen, Zähne putzen. Die Prozedur ist eine einzige Demütigung. Aber das ist nicht das Problem. Auch nicht, dass ich so lange dafür brauche. Das Problem ist, dass ich mir nichts sehnlicher wünsche, als dabei Schmerzen zu verspüren. Nicht die falschen Nervensignale, die einen Querschnittgelähmten ständig durchzucken, sondern wahre Qual, die mir vom Leben erzählt.

Wenn ich den Rollstuhl wieder ans Fenster steuere, ist sein Aschenbecher schon fast voll. Der Pegel im

Weinglas bewegt sich im Rhythmus seines Trinkens und Nachschenkens. Um die Mittagszeit wird die erste Flasche leer sein. Durchs Fernrohr schaue ich ihn mir genauer an. Er sieht heute recht ordentlich aus: die Haare an den Schädel geklebt, das Hemd korrekt geknöpft. Doch wenn er sich wie jetzt gekämmt hat, sieht man auch, wie schnell sein Haaransatz schwindet. Ich verfolge seine winzigen Bewegungen, sehe, wie er sich an die Brüstung lehnt und den Kopf nach vorne reckt. Wie er auf die graue Fläche mit aufgemaltem Zebrastreifen hinuntersieht, dann zu dem kleinen Platz gegenüber, der Linde und dem Brunnen. Direkt unter ihm, für ihn nicht sichtbar, ist der Eingang zum Munzinger-Laden. Ich bewege das Fernrohr um wenige Zentimeter. Eine Alte mit Einkaufswägelchen tritt aus dem Laden. Sie bleibt stehen, dreht sich um, reißt den Mund auf, verwirft die Hände. Ich schwenke das Fernrohr zurück. Er greift zum Glas, trinkt und kneift die Augenbrauen zusammen. Neuer Schwenk, die Alte winkt in den Laden hinein, zieht los. Schwenk, er stellt das Glas hin, hebt den Kopf über die Brüstung. Sein Blick voller Bitterkeit, Angst und Ranküne sieht – noch ein Schwenk – eine gebückte graue Menschengestalt auf grauer Fläche, folgt ihr über den Zebrastreifen, an Brunnen und Linde vorbei und bleibt schließlich an der Ecke hängen, hinter der die Gestalt verschwindet.

Jeden Tag das Gleiche. Am Fenster mein Gesicht, eisern, wachsam. Ich beobachte. Verschiedene Instrumente stehen mir hierbei zur Verfügung. Drei Fernrohre an fest montierter Biegefeder, zwei Spiegel am Fenster, mithilfe derer ich die Straße vor meinem Haus hinauf- und hinuntersehen kann, daneben eine meteorologische Kleinanlage, mit Thermo-, Baro- und Hygrometer. Pausenlos verfolge ich die Versuchsreihen, die der Lauf der Welt anordnet. Menschen bewegen sich hierhin und dorthin. Manche langsam und in kleinen Schritten, andere schnell und ausholend. Sie kollidieren, reißen einander aus der Bahn, verbauen sich gegenseitig die Zukunft. Sie verletzen sich, werden krank, sterben. Ich beobachte sie und stelle mir vor, was als Nächstes kommt.

Auch der Dicke auf dem Balkon versucht manchmal, etwas zu sehen. Dann hebt er seinen Blick zu jener Stelle, wo eine flache Bergkuppe hinter dem Dorf zu erkennen ist, lässt ihn zu dem umgebauten Bauernhof im Vordergrund gleiten, den eine dreiköpfige Familie mit Labrador bewohnt, sieht vielleicht ein Kind, eine Mutter, ein Fahrrad an der Hauswand, gleitet weiter zu dem massiven Steinbau an der Straße, der eine Filiale der Raiffeisenbank beherbergt, gleich daneben ein ebenso massives Doppeleinfamilienhaus – er rätselt über die Anordnung von Gegenständen auf dem Grundstück: Tretroller zwischen Normbriefkasten und Wäschespinne –, es folgt ein Streifen Hintergrund – weite Landschaft mit Baumgruppe –, danach wieder Vordergrund, ein Riegelhaus aus dem 18. Jahrhundert, braunes Fachwerk, tiefe Fensterreihen. Hinter einem dieser Fenster sitze ich. Es wäre so einfach, denke ich, während ich seinen Blick empfange. Er müsste seinen Kopf bloß ein kleines Stück über den Rand seiner Welt heben. Um mich zu sehen, um seine eigene Geschichte zu begreifen.

Ein Kommen und Gehen im Munzinger-Laden. Manchmal zieht eine Elster im Baum meine Aufmerksamkeit auf sich. Sonnenlicht im Wechsel mit Wolkenschatten auf dem gekörnten Straßenbelag. Alles, was geschieht, wenn nichts geschieht. Wie ein Generalbass. Melodien laufen über ihn hinweg, oft mehrere gleichzeitig. Manchmal schält sich eine einzelne heraus, und die anderen sinken in den Hintergrund. So wie in diesem Augenblick. Eine brüchige Melodie ist es, nahezu unhörbar. Langsam schleppt sie sich durch die Straßen, kommt näher, wird deutlicher. Das Auge am zweiten Fernrohr, verfolge ich die Gestalt, die zu der Melodie gehört. Ich kenne sie nur zu gut. Ein Mann wie ein krakeliger Strich in der Landschaft. In seinem Trott wird er sich zur Kreuzung hinunterbewegen, am Laden vorbei, in Richtung der Wirtschaft Hirscheneck. Gleichzeitig wird sich der Dicke auf dem Balkon abwenden, er wird sich bücken, so tief er kann, hin zu seiner Kühlbox. Er wird – so stelle ich es mir vor – still zu zählen beginnen und erst bei fünfzig wieder auftauchen.

Ich weiß Bescheid. Die zwei Brüder wohnen wenige Straßen voneinander entfernt, und doch haben sie sich seit mehr als dreißig Jahren nicht gesehen. Viermal pro Tag geht der Jüngere unten vorbei, während sich der ältere oben versteckt. Zweimal Hirscheneck und zurück, zwei-und-zweimal abtauchen und bis fünfzig zählen. Sie wissen kaum mehr, warum sie tun, was sie tun. Ihre Vergangenheit hat sich tief in sie eingenistet und sie gezeichnet: Dem einen hat sie die Form einer Birne gegeben, aus dem anderen einen dürren Baum von einem Menschen gemacht. Zwei Leben wie endlose Höhlensysteme, zwei verschreckte Subjekte, durch rabenschwarze Stollen taumelnd. Unsichtbar wache ich über sie, ich kann nicht anders. In ihren Leben sehe ich die Spuren meines eigenen Lebens.

Der Krakelstrich geht am Laden vorbei. Er trägt Arbeiterjeans und ein verwaschenes T-Shirt, seine alltägliche Kluft. Auf dem T-Shirt steht »Megadeth«, die Schrift ist fast nicht mehr zu erkennen. Ich richte meine Position am Fenster neu aus, ziehe das dritte Fernrohr heran. Ich sehe die groben Gardinen der Gaststube, von denen sich jetzt eine bewegt. Eine Hand erscheint, dann ein Gesicht. Es ist die Kellnerin.

Ihr Gesicht verschwindet, drei Sekunden später auch die Hand. Unten vor der Treppe zwei Kleintransporter mit Ladefläche, »Kundenmaurer Bachmann« und »Kurt Hösli – Ihr Partner für Gartenanlagen«. Der dürre Bruder kommt an der Treppe der Hirscheneck an. Ich ziehe den Kopf vom Fernrohr weg und blicke auf den Wecker, der vor mir auf dem Fenstersims steht. Punkt neun Uhr. In einer halben Stunde wird er wieder kommen. Und wieder wird der Dicke auf dem Balkon abtauchen und die Fünfzig abzählen.

Fein gestrichelte Bewegungen zwischen Baumkronen und Dächern: Eine Elster jagt einer Elster hinterher. Während die Vögel tun, was ihnen ihr Erbe auferlegt, greife ich zur Tasse und schlürfe leise am Darjeeling. Auch meine Freiheit hat Grenzen. Ich muss wieder einmal über die Vergangenheit der zwei Brüder nachdenken.

Hier im Dorf hat man die Familie schon immer gekannt. Armselig lebten sie, dabei besaß der Vater viel Ackerland, das er verpachtete. Der grantige Einzelgänger verbrachte seine Tage mit dem Flechten von Körben. Die Söhne hatten seine strengen Gesichtszüge geerbt und versuchten, sie mit Faxen und Grimassen loszuwerden. Die Schwester war eine Schönheit, aber immer allein. Die Mutter, still und arbeitsam, verließ selten das Haus. Zur Familie gehörte noch ein Onkel, ein Haderlump und Säufer, dem der

Hausherr Asyl gewährte. Die zwei Söhne litten unter diesem Vater, dass es den Leuten fast das Herz brach. Ich kannte die Familie nicht, doch meine Haushälterin, die zweimal die Woche vorbeikommt, hat mir von ihnen erzählt. Damals kursierten Geschichten. Mit gesenkter Stimme sprach man von dem Schuppen hinter dem Haus, im staubigen Düsterlicht des Vaters Hand, mit einer Haselrute zwei blanke Bubenhintern bearbeitend. Auch von dem Kellerloch sprach man, und dem maroden Onkel, dort unten tagelang sitzend, und dem Schlüssel für das Vorhängeschloss, der an des Hausvaters Hosengurt hing. Diese Dinge und andere erzählte man sich. Und alle warfen sich heimliche Blicke zu, wenn die Mutter im Munzinger-Laden auftauchte. In dieser Welt wuchsen die drei Kinder heran, alle sehr schweigsam, alle sehr flüchtige Erscheinungen, und doch schienen sie zurechtzukommen.

Bis der Unfall passierte. Jeder hier kennt die Geschichte. Der Alte war mit seiner Frau auf dem Nachhauseweg vom Herbstmarkt im Nachbarbezirk. Seit vielen Jahren hatte er dort einen Stand. Er verkaufte gut, die Leute wussten die Qualität seiner Körbe zu schätzen. Nach dem Aufräumen Einkehr in einem Landgasthof, Entrecôte für ihn, Lammrückenfilet für sie, dazu ein Glas Wein. Zweimal im Jahr leistete er sich das. Danach Weiterfahrt in der pechschwarzen Nacht. Die Landstraße führte in einem langgezogenen

Bogen durch einen kleinen Wald, am Ende des Waldes folgte eine Brücke. Unübersichtlich, die Stelle. Er kannte sie und fuhr wie immer vorsichtig. Doch dieses Mal nützte die Vorsicht nichts. Alles ging blitzschnell. Ein Lichtstrahl, ein Dröhnen. Dann der Aufprall. Wenn meine Haushälterin an diesem Punkt der Geschichte ankommt, hält sie sich die Hand vor den Mund und schließt die Augen.

Auch von der anderen Seite her ist die Stelle gefährlich. Wer von hier kommt, gerät in eine Kurve, die immer enger wird, und ganz am Schluss der Kurve ist die Brücke, wo die Straße auch noch schmaler wird. Er merkt plötzlich, er ist zu schnell, aber er merkt es zu spät, und er weiß, es wird nicht mehr reichen. Ein Lichtstrahl, ein Dröhnen, dann der Aufprall.

Jeden Tag sitze ich am Fenster. Meine Fernrohre sind mein Mikroskop. Durch sie hindurch sehe ich Bewegungen in den Menschen auf der Straße, die man sonst nicht erkennt. Da ein winziges Zucken, dort ein kümmerliches Wimmern, hier ein geringfügiges Toben. Wenn ich den Schmerz der Menschen vergrößere, wird er irgendwann auf mich überspringen. Ich weiß, der Augenblick wird kommen. Dann wird Vergeltung geübt, und meine Geschichte wird ein Ende haben.

Ich höre eine Melodie. Der jüngere Bruder tritt aus der Hirscheneck. Ich greife zum dritten Fernrohr und sehe sein Gesicht, die massiven Brauen, tiefliegende Augen. Erstes Fernrohr: Langsam geht er unter dem Balkon hindurch und die Straße hoch. Zweites Fernrohr: Immer kleiner wird er, am Schluss ist er nur noch ein Komma auf dem Trottoir, nickt einem anderen Komma zu und biegt ab. Kaum ist er verschwunden, tritt hier unten auf der Straße eine weitere Melodie zutage. Es ist der Landstreicher. Er strebt zum Brunnen und schaut verschwörerisch um sich. Bald ist Mittagszeit, die Straße leer. Nur der ältere Bruder auf dem Balkon und ich hinter dem Fenster sind da. Wir sehen dem Landstreicher zu, wie er sich über den Brunnen bückt, die Arme ins Wasser taucht. Wie er ein paar Sekunden verharrt. Wie er die Arme hochzieht und ein durchsichtiges Netz in den Händen hält, in dem eine Flasche aus Weißglas liegt. Wir beide, der ältere Bruder und ich, wir kennen sein sommerliches Schnapsdepot. Ich drücke mein Auge ans Fernrohr und sehe: ein grobes Gesicht, zwei buschige Augenbrauen, ein abgefeimter Blick. Ich weiß, was jetzt kommt. Ich brauche nicht hinzuschauen.

Man fand das Auto des Ehepaars als zerfetzten Blechhaufen, als ob ein wütender Riese es in seinen Pranken zermalmt hätte. Als der Arzt am Unfallplatz ankam, konnte er nichts mehr beitragen angesichts der zwei verstümmelten Menschenkörper, kaum mehr als solche erkennbar. Man ging von einem Selbstunfall aus, dann aber entdeckte einer der Feuerwehrmänner Bremsspuren auf der anderen Seite der Brücke, und kurz darauf fand man Karosserieteile, die nicht zu dem Blechhaufen passten. Nach langem Suchen stieß man weit unten im Bachtobel auf den anderen Wagen.

Ich verstehe meine Haushälterin. Diese Stelle in der Geschichte verursacht Übelkeit. Aber ich kann sie nicht auslassen. Ich muss sie mir selber wieder und wieder nacherzählen, und jedes Mal erfasst mich eine Wut. Zwei Menschenleben in Sekundenbruchteilen ausgelöscht, drei Kinder zu Waisen gemacht. Gerädert, geviertelt, ans Kreuz geschlagen, bei lebendigem Leibe verbrannt gehörte er. Die Wut tanzt um mich herum wie ein hundsgemeiner Geist. Ich strecke die Hand aus und greife nach der Tasse. Sie fliegt durchs Zimmer, durch den Geist hindurch, trifft die Wand und zerbricht in einem dumpfen Scheppern. Ich starre auf die braunen Flecken an der Wand, der Geist tanzt vor meinen Augen weiter. Ich presse die Lippen zusammen und wende mich von ihm ab. Die Brüder, denke ich. Stell sie dir vor. Wie ging es weiter mit ihnen?

Nach dem Tod der Eltern schien die Geschichte der Geschwister erst keinen Wank zu machen. Sie hausten unter demselben Dach wie eh und je, im oberen Stock der Onkel, der sich dauerhaft eingenistet hatte. Keine

Sekunde dachten sie daran, einen Tyrannen losgeworden zu sein, vielmehr schienen sie auf seine Rückkehr zu warten. Der ältere Bruder, der heute sein Restleben auf dem Balkon absitzt, arbeitete damals als Goldschmied, der jüngere war Maler. Die Schwester fuhr zur Arbeit in die Stadt, sie hatte Hotelfach oder Ähnliches gelernt – niemand wusste es genau. Nach Feierabend saßen sie alle zu Hause, die Brüder tranken Bier, die Schwester rauchte und der Onkel aß kalte Bohnen aus der Dose. Sie konnten sich nicht leiden, aber damals wussten sie das noch nicht. Sie hatten die Grausamkeit des Vaters in der Form von Angst geerbt, aber nach und nach verwandelte sie sich zurück in das, was sie eigentlich war. Unter der dicken Elefantenhaut ihrer Trägheit wuchs sie an, sie spürten es selbst auf der durchgesessenen Couch, und vielleicht stellte jeder sich den bevorstehenden Gewaltausbruch bereits in allen Details vor.

Doch es kam ganz anders. Aus der sich belauernden Wohnzimmergesellschaft ging eine Konstellation hervor, mit der die Brüder nicht gerechnet hatten: Onkel und Nichte, Vaterbruder und Schwester, beide waren sie eines Tages weg. Zuvor hatten sie heimlich das Land verkauft, das der Vater seinen Kindern hinterlassen hatte, und den Erlös hatten sie als Reisegeld eingesteckt. Sie kamen nie mehr zurück. Hatte sich hinter dem Onkel ein ganz anderer Mensch versteckt, ein

Verführer, ein Dieb? War die Schwester Opfer oder Anstifterin gewesen?

Der Streit zwischen den Brüdern war kurz und heftig. Hier muss meine Haushälterin tief durchatmen, bevor sie weiterfährt. Sie seien immer friedfertige Menschen gewesen, aber an dem Tag, als sie den Betrug entdeckt hätten und der ältere dem jüngeren vorwarf, er habe davon gewusst und ihn und sich selbst mit vollster Absicht ruiniert, an dem Tag schlugen sie sich gegenseitig spitalreif. In der Tat, sagt meine Haushälterin, sei der Erlös aus dem Landverkauf viel höher gewesen, als man hätte erwarten können, und hätte den Geschwistern für den Rest ihres Lebens alle finanziellen Sorgen genommen. Das Landstück gehört heute einem Pferdezüchter, dessen Gestüt es zu einiger Bekanntheit gebracht hat.

Wieder genesen, kehrte der ältere Bruder nie mehr in das Haus zurück. Sie konnten sich nicht versöhnen. Auch dies ein Erbe des Hausvaters. Von da an gruben sich die Bitterkeit und die Angst tief in das Gesicht des älteren Bruders, während der jüngere sich erst seiner Vergangenheit zu entwinden schien. Er hatte eine Frau, sie war schön und ein einziges Zukunftsversprechen. Man sah den beiden auf der Straße nach, man freute sich über das junge Glück. Doch eines Tages war auch sie weg, so spurlos wie die Schwester, und der jüngere Bruder verschanzte sich fortan im Haus.

Nichts und niemand brachte die Brüder in all den Jahren darauf, ihre Vergangenheit zur Rede zu stellen. Den Mörder ihrer Eltern zu finden und abzustrafen. Beide hatten sie beschlossen, in ihrem Leben nichts anderes mehr zu tun als zu warten. Worauf auch immer.

Ich halte mein Auge an das Okular. Der Landstreicher zieht weiter. Alle hier nennen ihn so, aber natürlich ist er kein Landstreicher. Vielleicht wühlt er nur deshalb in den Abfalleimern, weil er sie provozieren will. Auch dass er die Katzen in der Scheune am Waldrand füttert, ärgert sie. Ich sehe ihre Blicke, wenn er auftaucht, und ich weiß, einige von ihnen sind zu vielem fähig. Auch er weiß das, aber er lässt sich nichts anmerken.

Auf dem Balkon nimmt der ältere Bruder das Mittagessen ein. Langsam kaut er an seinem Salamibrötchen. Die Nase thront rot und dicht geädert im Gesicht, der matte Blick ruht auf der Flasche, die bald leer sein wird. Nun tritt ein Junge aus dem Laden. Seine Hosentaschen sind ausgebeult. Bestimmt hat er sie mit Süßigkeiten gefüllt. Er geht zum Parkplatz der Hirscheneck, ich wechsle zum dritten Fernrohr. Unter der Kastanie beißt er in einen braunen Riegel. Auch ihn kenne ich. Er ist einer der drei Halbwüchsigen, die oft durch die Straßen stromern. Manchmal bleiben sie abrupt stehen, wie von einer überfallartigen Ratlosigkeit erfasst, wie umstellt von einem Heer von Fragen. Heute aber ist nur der eine da, und er schlingt seinen Schokoriegel in einer Hektik hinunter, als ob er damit alle Fragen vertreiben wollte.

Ich entferne mich vom Fenster. Eine halbe Stunde sollte ich mich hinlegen. Schlafen wäre gut, aber das gelingt mir selten. Ich hieve mich auf das Bett. Als ich endlich liege, lausche ich eine Weile lang den Geräuschen. Es gibt in diesem Haus alle möglichen Tiere, aber gesehen habe ich noch nie eines. Ich schließe die Augen. Wie gerne würde ich jetzt aus der Gegenwart hinausfallen, weg aus diesem Elendskino und diesem Denken. In die Schwärze vor meinen Augen drückt sich ein Bild aus meiner Kindheit. Ich sehe eine holprige Kiesstraße und mich selbst als kleinen Jungen, der ein Fahrrad am Lenker festhält. Das Fahrrad ist neu, ein Geschenk von einem Onkel, an dessen Namen ich mich nicht erinnern kann. Es hat schon eine Weile versteckt in unserem Keller gestanden. Jetzt ist der Tag gekommen, an dem ich es zum ersten Mal sehen darf. Es ist das wertvollste Geschenk, das ich je bekommen habe. Blau der Rahmen, braun der gefederte Sattel, die Reifen schwarz und weiß und fein gerillt. Alles genau so, wie ich es mir immer gewünscht habe. Ich stelle den Fuß auf das Pedal, stoße das Fahrrad an, stoße und stoße, will mich draufschwingen, mit dem Bein fix über den Sattel, aber es gelingt mir nicht, ich kann das Bein nicht genug anheben und das Knie schlägt an die Unterseite des Sattels, ich versuche es nochmals, stoße mich wieder und wieder vom Boden ab, ich höre das Rufen des Onkels weit hinten, und das Tapsen meines Fußes auf dem Kies wird zum Stampfen, das immer lauter wird, und noch immer gelingt es mir nicht, das Bein über den Sattel zu heben, und ich möchte nun abbremsen, das Fahrrad loslassen, aber ich kann nicht, meine Füße stampfen weiter durch die Landschaft, und plötzlich ist mir, als seien meine Hände am Lenker festgebunden, selbst wenn ich es wollte, könnte ich sie nicht davon lösen, und das Stampfen meiner Füße wird allmählich zum Bullern in meinem Kopf, so fest, dass mir schwindlig wird davon, so fest, dass das ganze Universum davon erfüllt ist, und dann, gänzlich unvorhergesehen, reißt das Bild auseinander.

Ich öffne die Augen, arbeite mich in den Rollstuhl zurück und fahre ans Fenster. Mein Blick durchs Okular prüft, ob die Teile der Gegenwart noch unverrückt vorhanden sind. Hirscheneck, Kastanie, Brunnen, Linde. Ja, sie sind noch da. Auch der Junge, der jetzt am Brunnen steht. Ich schaue auf den Wecker. Es ist kurz nach drei Uhr. Ich bin also doch eingeschlummert. Hat der Junge die ganze Zeit über an der Straße gestanden? Ich kann es nicht wissen, kann nur hinsehen und dafür sorgen, dass ich jetzt nichts verpasse.

Der Landstreicher taucht wieder auf. Er redet auf den Jungen ein, scheint ihn vom Brunnen wegdrängen zu wollen. Beide beginnen gleichzeitig, um den Brunnen herumzugehen, und der Landstreicher wirft kurze Blicke ins Wasser. Seine Schnapsflasche ist noch da, aber er sorgt sich. Ich schwenke das Fernrohr Richtung Balkon. Über der Brüstung sitzt der Kopf des älteren Bruders. Auch er schaut dem Geschehen am Brunnen zu. Schwenk hinunter. Der Landstreicher fuchtelt mit den Händen, wirft immer noch Blicke ins Wasser, der Junge scheint es nicht zu bemerken. Mein Fernrohr bewegt sich jetzt hinauf und hinunter. Oben auf dem Balkon ein krachendes Husten. Unten verliert der Landstreicher seine Geduld. Oben neigt sich der schwere Kopf über die Brüstung, das Weinglas und die Zigarette auch, unten wieder Gefuchtel. Man versteht nicht ganz, was los ist, wenn man hinter dem Fenster sitzt und nichts hört. Ich rücke weg von meinem Fernrohr, und in diesem Augenblick sehe ich den jüngeren Bruder, der in der Tür der Hirscheneck erscheint und langsam die Treppe hinuntersteigt. Normalerweise bleibt er eine halbe Stunde in der Wirtsstube, doch heute ist er viel zu früh. Schon ist er auf dem Parkplatz draußen, und er kommt unaufhaltsam näher. Ich halte das Auge wieder ans Fernrohr. Auf dem Balkon der fleischige Kopf des älteren Bruders, sein Blick starr auf die Szene am Brunnen gerichtet, seine Hände auf dem Balkongeländer, Zigarette und Glas. Schwenk. Unten immer noch der Tanz um den Brunnen herum. Gleich macht der Landstreicher einen Satz und krallt sich den Jungen. Schwenk. Der Kopf des älteren Bruders wird immer schwerer, langsam senkt sich die linke Hand.

Und lässt das Glas los.

Das fliegt.

Und fliegt.

Und fliegt.

Und mit einem bombastischen Knall auf dem grauen Asphalt landet.

Augenblicklich schauen alle in den Himmel hoch. Auch ich hebe den Kopf. Eine Echowelle rauscht über uns hinweg, dann kehrt wieder Ruhe ein. Was war das? Alle Blicke senken sich wieder, suchen das Glas, das sich in einen winzigen Scherbenhaufen verwandelt hat, viel zu klein für einen solchen Krach, wie kann ein Weinglas einen solchen Krach machen, oder hat das eine nichts mit dem anderen zu tun? Die Blicke senken sich, und gemeinsam sehen wir ihn, der Landstreicher sieht ihn, der Junge sieht ihn, ich sehe ihn, auch der ältere Bruder auf dem Balkon, alle sehen ihn, den jüngeren Bruder, der zu früh aus der Hirscheneck kam und der nun vor dem winzigen Scherbenhaufen steht. Ein missgestalteter Menschenkörper im heiteren Licht des Nachmittags. Der jüngere Bruder blickt zum Balkon hinauf, der ältere Bruder blickt hinunter. Und sie können beide nicht mehr wegsehen. Die alte, fast vergessene Geschichte, das Erbe des Hausvaters, der Verrat der Schwester, der Streit, all dies hängt zwischen Straße und Balkon und erlaubt den beiden kein Wegsehen mehr.

Ich rücke vom Fernrohr weg und schließe die Augen. Ich sehe das Bachtobel in jener Nacht vor fünfunddreißig Jahren, weit unten den anderen Wagen, eingeklemmt zwischen Felsbrocken und einer zerschrammten Buche. Feuerwehrmänner, die hinabklettern und mit großem Gerät das Blech entzweischneiden. Das Blaulicht der Ambulanz in der dunklen Nacht. Anästhesisten im grellen Schein der Notfallstation, den Blick auf das EKG gerichtet.

Der Fahrer des anderen Wagens überlebte den Unfall mit einer Wirbelsäulenfraktur, drei verlorenen Fingern und einem Gesicht, das nur noch zur Hälfte intakt war. Gehen, Sprechen, Lachen waren ihm nicht mehr möglich. Aber er lebte. Weiß gewandete Menschen legten ihn hin, setzten ihn auf, putzten ihm die Nase, wuschen ihn, holten den Kot aus seinem Darm. Jahre verbrachte er in einem kubischen Neubau, mit Rollstuhlaufzügen, tief montierten Türklinken und Auffahrtsrampen aus Chromstahl, lange Jahre des Wartens. Wo waren sie, die Rächer, die Scharfrichter? Wieso kamen sie nicht, um ihm den Kopf einzuschlagen, ihm das Fell über die Ohren zu ziehen, ihn mit Benzin zu übergießen, anzuzünden und seinem lodernden Tod zuzuschauen?

Er lag und saß, wachte und schlief. Es dauerte lange, bis er in der Lage war, seinen Alltag ohne fremde Hilfe zu bewältigen. Als es so weit war, gab er seinen Pflegern zu verstehen, dass er weg von dem Heim wollte. Sie hielten ihm Prospekte von anderen Wohnkuben für Behinderte hin und zeigten auf die Bilder von wohlgestalteten Aufenthaltsräumen und Bastelzimmern. Er riss ihnen die Prospekte aus den Händen, verlangte nach Papier und zeichnete mit dickem Zimmermannsbleistift, was er wollte: ein altes Haus, klein, ohne Lift, ohne Auffahrtsrampen, ohne Linoleum auf den Fußböden. Geht nicht, hieß es, viel zu kompliziert. Geht doch, sagte sein erzürnter Blick. Nicht mit seinen Voraussetzungen, hieß es. Er schaffe das, sagten seine Fäuste. Er wisse auch, wo das Haus stehen solle, und er schrieb den Namen eines Dorfes auf das Papier und klopfte mit krummem Zeigefinger darauf. Genau hier und an keinem anderen Ort. Und eines Tages kam sein Pfleger und breitete eine Handvoll Fotos vor ihm aus. Sie zeigten ein altes Riegelhaus, die Fenster klein, die Treppen eng und steil. Das Haus stand seit Jahren leer, niemand interessierte sich für das Grundstück. Als der Pfleger ihm den Namen des

Dorfes nannte, huschte ein Ausdruck der Befriedigung über sein halbes Gesicht. Schließlich wurde er an den Ort gebracht, der die richtige Hülle für seine Existenz abgab.

Ich öffne die Augen. Vor mir das Fenster. Vor dem Fenster die Gegenwart. Ich sehe die Dorfstraße, den Platz beim Brunnen und den Laden der alten Frau Munzinger. Der Landstreicher und der Junge sind weg, auch die Brüder sehe ich nicht mehr. Ein brauner Opel rauscht vorbei, eine Elster setzt sich auf eine Dachrinne. Still ist es jetzt.

Ich drehe mich ab, gleite vom Fenster weg. Kurz erscheint mein eigenes Gesicht in der Glasvitrine neben der Kommode. Eine unruhige Landschaft wie aus Wachs, voller Dellen, Mulden und Gräben. Irgendwo darin sehe ich ein Auge. Jedes Mal habe ich den Eindruck, es befinde sich woanders in dem zerschlagenen Terrain. Jedes Mal suche ich nach Leben in dem Auge.

Täglich sitze ich an meinem Fenster wie andere in ihrem Labor. Keiner sieht mich, niemand weiß etwas. Dennoch bin ich da. Geduldig warte ich auf den Tag, an dem Vergeltung geübt wird. Bis dahin zergliedere ich das bisschen Leben, das da draußen auf der Straße abläuft, und stelle mir vor, was als Nächstes kommt.

Pause und weiter

Wir sind die Troika. Keiner sieht uns, niemand weiß etwas. Dennoch sind wir da. Obwohl Gegenwart, Vergangenheit und Zukunft gegen uns sprechen, ist keine Welt vorstellbar, in der es uns nicht gibt. Denn das Dasein der Troika begründet sich aus sich selbst heraus.

Nein, falsch, wir sind keine verwehten Altkommunisten. Auch keine Strippenzieher im Dienst eines alten oder neuen Kapitals, schon gar nicht anarcholibertäre Familienoberhäupter von zweifelhafter moralischer Konstitution. Alles Unfug. Die Troika ist ein Geheimbund ohne Mission. Hoch oben in der gläsernen Loge sitzen wir und erfreuen uns unserer Existenz.

Ja, es ist nur ein Spiel. Wir sind nichts anderes als drei alberne Herren, die sich auf ihre alten Tage ein bisschen amüsieren wollen. Und doch verstärken das gespielte Raunen und der Budenzauber mit der Loge nur das, worum es uns geht: Versöhnung mit der Vergangenheit, der Gegenwart, der Zukunft. Denn hinter jeder Ecke vermuten wir Griesgrame die Tragik.

Ricardo hat jahrelang gegen sein eigenes Leben gekämpft, Giorgio hat bereits mehrere Leben hinter sich, und ich selber, Gustavo, habe vor bald vierzig Jahren einen Entschluss gefasst, dessen Konsequenzen mich bis in meinen Tod verfolgen werden. Die Tragik ist unser alter Hausdrache. Wir sind auf der Hut.

Jede Sitzung der Troika wird mit einem kleinen Streich meinerseits angekündigt, wenn die meisten noch unter Morpheus' Obhut an ihrem Kopfkissen horchen. In aller Frühe begebe ich mich zu der Straßenlaterne vor meinem Haus, öffne mit einem Dreikantschlüssel den Servicedeckel, mache ein paar Handgriffe. Bevor ich mein Leben damals wie eine Socke komplett umkrempelte, hatte ich Elektrotechnik studiert, ich weiß ein paar Sachen über Verkabelung. Ich schließe den Deckel, blicke nach oben und nicke beifällig. Dann gehe ich weiter, zur Haltestelle, um auf den Sechs-Uhr-zweiundfünfzig-Bus zu warten. Dank meiner Handgriffe leuchtet die Laterne den ganzen Tag schwach weiter. Ricardo sieht sie von seinem obersten Fenster aus, Giorgio kommt früher oder später daran vorbei, wenn er seine Runden im Dorf zieht. Das Echo auf meinen Streich folgt am Abend mit ihrem Klingelspiel an meiner Tür. Nie kommen die beiden gleichzeitig, jedes Mal morsen sie neue fremde Formeln durch meine Hausglocke. Heute klingelt Giorgio wieder einmal seinen berüchtigten 5/4-Takt.

Sind wir wirklich albern? Ich bin überzeugt davon, dass jedes Alter seine eigene Ernsthaftigkeit hat. Sie kann immer nur lächerlich wirken auf die Jüngeren und die noch Älteren. Ich bin übrigens der Einzige von uns, der das Wort *albern* benutzt. Ricardo sagt *schusselig*, Giorgio sagt *tordu*, weil er für jedes Wort eine französische Variante bereit hat. »Tordu?«, frage ich. »Vom Verb *tordre*, gleich verdrehen, ein Verwandter davon ist die Tortur«, sagt Giorgio und äugt durch seine krausigen Augenbrauen hindurch, »die Frage jedoch ist: Haben wir uns selber derart torturiert, bis wir so verdreht waren, wie wir heute sind?«

Wenn meine beiden Freunde in der gläsernen Loge angekommen sind, macht sich die Troika wie immer gleich an die Arbeit. Sie beginnt mit den Drinks. Jeder hat hier seine Denkart, seine Kultur. Wir versuchen gar nicht erst, einen Kompromiss zu finden. Die einzige Gemeinsamkeit ist das Mediterrane. Ricardo wird hier zum Iberer, genauer zum Andalusier, für ihn kann es nur ein Jerez sein. Und weil ich meinem Freund das Beste will, schenke ich ihm den edelsten aller Sherrys ein. Ricardo sagt: »Diese Farbe, hm«, und wir schauen uns die Farbe an. »Amber«, sagt er dann, und ich schmunzle. Jedes Mal findet er ein anderes Wort. Mir ist der Sherry zu süß, und deshalb ist mein Begleiter ein Wermut. Giorgio, das ist klar, findet kein Glück ohne seinen Pastis. »Aber ein echter, bitte, nicht der falsche, den ihr hier im Norden trinkt.« Nein, natürlich bekommt mein Freund Giorgio den echten Pastis. Den man in Marseille und Bastia trinkt.

Ein einziges Mal habe ich diese Ordnung unterwandert. Es war an jenem Abend, als ich nach fünfzehn Jahren Arbeit meinen Epiktet fertig übersetzt hatte. Einen Ouzo darauf, dachte ich und besorgte den besten, den man hier erhält. Giorgios Ablehnung hätte unverhohlener nicht sein können. »Dieser griechische Fusel?«, grummelte er. Ich verzichtete darauf, zu einem Exkurs zur Verwandtschaft der Anisschnäpse auszuholen. Dabei ist jeder von uns auf seine eigene Art ein Grieche. Mein Spezialgebiet als Philologe ist die Stoa. Ricardo hat die griechische Lebensart verinnerlicht wie kein Zweiter, kulinarisch, alltagskulturell, aber auch, sagen wir mal, gefühlsphilosophisch. Und Giorgio ist tatsächlich ein Grieche. Nur weiß das keiner außer mir und Ricardo.

Als Philologe agiere ich nur am Wochenende. Von Haus aus bin ich Paläontologe, allerdings grabe ich kaum mehr. Die Reisen, die Klimawechsel, die Stechmücken, das ist mir alles zu viel. Ich kommentiere, nicke dem einen Kollegen zu und tadle den andern sanft. In der Forschung genieße ich durchaus eine gewisse

Achtung, obschon ich als Außenseiter gelte. Es macht mir nichts aus, denn ich gehörte nie irgendwo dazu. Nachdem ich vor vielen Jahren vom Rand des falschen Tellers, auf dem mein inzwischen fast vergessenes Leben stattfand, den Sprung gewagt habe, sitze ich jetzt immerhin am Rand des richtigen Tellers. Es war ein Sprung im letztmöglichen Moment. An meinem neuen Rand bin ich glücklich, wie ich nur sein kann.

Vielleicht hat die ganze Heimlichtuerei der Troika damit zu tun, dass unser Daseinszweck, die Versöhnung, uns Angejahrten unstatthaft vorkommt. Ja, wir schämen uns. Doch wir wissen auch, dass die Scham kostbar ist, denn sie ist unser Innerstes. Es gibt nichts Banaleres als ein Zitat von Freud, aber jener Mann, der Menschenkunde als Aphoristik betrieb, sagte einmal: »Der Verlust von Scham ist das erste Zeichen des Schwachsinns.« Ich sage es so: Scham ist der Mantel, in den sich unsere Intelligenz hüllt. Und die gläserne, aber versteckte Loge der Troika ist ein Brützentrum, in dem sich drei alte Hasardeure verstecken und Versöhnung mit den Zeiten betreiben. Was für ein Fest!

Wir heben die Gläser. Sie schimmern in Bernsteinbraun, Blondgelb und Milchigweiß. An meinem großen Tisch gleitet jeder still in sein eigenes Wohlbefinden. Jerez-Wonne, Wermut-Friede, Pastis-Plaisir.

Oliven stehen da, frisches Brot, etwas Rohschinken, Sardellen, eingelegte Peperoni. Während wir langsam essen und trinken, wenden sich unsere Gedanken unseren intimsten Feinden zu: der Vergangenheit, der Gegenwart, der Zukunft.

»Ein dunkler Friede«, sagt Giorgio und lässt einen Schluck Pastis den Rachen hinunterrinnen. »Wenig spricht dafür, und doch geht's uns gut.« Er verzieht sein Gesicht, das wie geknetet aussieht.

»Hm«, sagt Ricardo, »man kann es auch anders formulieren: Pessimismus des Verstandes, Optimismus des Willens.« Giorgio nickt wissend, ich flöte kaum hörbar durch die Nase.

»Herr seiner Selbst sein, darum geht es«, fährt Ricardo fort.

»Durchaus«, wende ich ein, »aber muss der Wille bei deinem Freund stets Hiebschwert sein? Muss der Wille immer vor dem ganzen Publikum seine Muskeln spielen lassen?«

»Die Frage ist«, sagt Ricardo und pickt sich eine Olive, »die Frage ist: Wessen Wille? Gramsci geht es nie um den Einzelnen. Um alle zusammen geht es. Gramsci ist der Denker des Kollektivs.«

»Durchaus«, wende ich abermals ein, »aber wer ist das Kollektiv? Und vor allem: Wann spricht es?«

»Ja, wann spricht es?«, setzt Giorgio nach. Sein Gesicht neu in die alte Form geknetet.

»Es spricht«, sagt Ricardo und hüstelt, »durch die gemeinsame Tat. Irgend so was. Was weiß ich.«

»Aha.« Ich trinke. »Die Tat.«

»Hört mal. Gramsci zu verstehen war noch nie einfach. Wer macht sich heute noch die Mühe?« Ricardo hebt die Arme in die Luft. »Niemand. Allein auf weiter Flur.«

Ich kenne tatsächlich keinen, der Gramsci so gründlich gelesen hat wie Ricardo. Er kann ganze Absätze wörtlich zitieren. Antonio Gramsci, der italienische Revolutionstheoretiker, ist Chiffre für Ricardos Unfrieden, für seinen Hang zur Tragik. Ricardo glaubt noch immer, seinen Gramsci nicht verstanden zu haben. Aber er irrt sich. Er hat Gramsci sehr wohl verstanden.

»Wir werden alt«, sagt Ricardo, »wir alle. Wer in dieser Gesellschaft soll noch Gramsci lesen? Gramsci ist ein Autor für die Jungen. Doch was machen die Jungen heute? Ich weiß es nicht. Wisst ihr es?«

»Gramsci macht uns größer, als wir sind«, erwidere ich. »Mein Autor hingegen sagt: ›Bedenke, dass du nur Schauspieler bist in einem Drama, das der Spielleiter bestimmt.‹«

»Das musste ja kommen. Epiktet, der Anwalt aller Duckmäuser dieser Welt.« Ricardo verwirft die Hände. Schon wahr, es gibt keinen, der sich im Epiktet so zurechtfindet wie ich. Ständig zitiere ich ihn. Ich habe ihn schließlich komplett übersetzt. Epiktet ist Chiffre für meine wühlende Suche nach Frieden, für meinen Hang zur Versöhnung.

»Wir alle sind Duckmäuser. Oder sind wir etwa keine Menschen?«, sage ich.

»Freilich«, sagt Ricardo, »aber wir sind keine ehemaligen Sklaven wie Epiktet.«

»Sicher. Wir sind vergammelte Auslaufmodelle und wollen nur ein bisschen Frieden haben auf unsere alten Tage.«

»Du bist erst siebenundfünfzig, mein Freund. Das ist kein Alter.«

Ich schmunzle und kraule mir den Bart. Ricardo hebt das Glas an den Mund.

»Die Jungen stehen auf der Straße herum, während ihre Gedanken ihnen wie Geweihe aus dem Kopf wachsen«, sagt Giorgio.

Ricardo und ich betrachten unseren Freund, als ob er ein Kunstwerk wäre.

»Sie glauben, die Tage hätten kein Ende«, fährt er fort, »ich wünschte, dieser Glaube wäre mir erhalten geblieben.«

Ich möchte etwas darauf antworten, aber für einmal bin ich ratlos. Ricardo scheint es genauso zu gehen. Wir schweigen.

Es dunkelt ein. Die gläserne Loge ist ein Wintergarten hoch oben auf dem Dach meines Hauses. Von der

Straße her sieht man sie nicht. Wir aber sehen die Ränder des Dorfes und darüber hinaus, wir sehen das Licht von schweigenden Siedlungen und einen Zug, der wie ein glühender Tausendfüßler durch die Landschaft kriecht. Ricardo zeigt nach Osten. Am Ende des Dorfes, von hier aus noch knapp zu sehen, leuchten grelle Scheinwerfer in den Himmel. »Explosion bei der Fabrik heute Nachmittag. Ein Arbeiter hat am falschen Ort geraucht«, sagt er. Den Frieden gesucht und dabei den Unfrieden aufgeschreckt, denke ich und knabbere letzte Fleischreste von einem Olivenkern. Giorgio kratzt sich im Haar. Es klingt wie ein Holzwurm bei der Arbeit.

Als ob seine Hand auf dem Kopf das Zeichen wäre, stehen wir auf. Ich nehme das Brett von der Wand, Giorgio holt das Säckchen mit den Steinen aus der Schublade. Unser Spiel heißt Carrom, Ricardo nennt es Carambole. Eines unserer Lieblingsmittel zum Zwecke unseres Daseins. Alte Männer spielen einfache Spiele. Auf der ganzen Welt ist das so. Domino, Pétanque, Mahjong, Carrom. Man könnte auch aufwendige Spiele mit allerlei Schikanen spielen, aber darum geht es nicht. In der Welt von angejahrten Männern geht es um Versöhnung. Also nur einfache Spiele.

Carrom stammt aus Indien. Vor bald dreißig Jahren hatte ich ein Spielbrett dabei, als ich von einer Ausgrabung in Uttar Pradesh zurückkam. Ich machte die Reise mit zwei Kollegen im VW-Bus, über Pakistan, Afghanistan, Iran, die Türkei, Jugoslawien. Viele Jahre hing das Brett an der Wand. Dann lernte ich Ricardo kennen, und er forderte mich umgehend heraus.

Es ist sehr praktisch für uns, dass immer einer pausiert. Wir sind Leute, die viel nachdenken müssen. Während die zwei Spielenden die flachen Steine über das Brett gleiten lassen, schenkt sich der Dritte nochmals ein, holt ein weiteres Glas Oliven aus dem Kühlschrank, ein bisschen mehr Schinken, Käse. Er steht am Fenster der Dachloge, denkt nach. Dann setzt er sich hin, verfolgt die Wege der Steine, taxiert schweigend die Konzentration, die sich in den Fingerspitzen der Spielenden ansammelt.

Die Troika kommt uns vor wie eine lebenslange Affäre. Natürlich hat es sie nicht immer gegeben. Die Umstände meines Lebens haben mich zum akademischen Spätzünder gemacht, erst mit zweiunddreißig hatte ich den Abschluss, mit sechsunddreißig das Doktorat, zwei Jahre später wurde ich Oberassistent. In jenem Jahr lernte ich Ricardo kennen. An einem schwülen Sommertag wurde mir auf dem Nachhauseweg schwindlig, so dass ich mich hinsetzen musste, aber da gab es keine Bank, also setzte ich mich auf das Trottoir. Vor meinen Augen dämmerte eine beengende Schwärze, ich sank zu Boden. Da erschien

Ricardo als Schatten vor dem Blau des Himmels, wie ein borstiger Engel. Er reichte mir ein Glas Wasser und einen Apfel. Zwei Tage später aß er bei mir, und das Carrombrett fand seinen Weg auf den Tisch. Wir spielten bis in die frühen Morgenstunden.

Ja, wir mochten uns von Anfang an, trotz Gramsci, trotz Epiktet. Ricardos Frau war damals eben mit dem gemeinsamen Sohn davongelaufen. Sie waren eine Familie voller Glaube an die Zukunft und an das Einfache gewesen, doch dieser Glaube hatte sich von Anfang an sehr ungleich auf ihre Mitglieder verteilt. Ricardo sprach selten über diesen Abschnitt seines Lebens. Ich selber stand damals vor der Entscheidung, nach Toulouse zu gehen, eine Assistenzprofessur wartete dort auf mich. Ich blieb hier. Es hätte schiefgehen können, aber ich wollte nicht weg.

Ricardo, merkte ich, ist ein unauffälliger, aber auch ein komplizierter Mensch. Einer mit einer flackernden Vergangenheit und einer Gegenwart, in der es hier und dort noch immer schwelt. Er spricht vom Kollektiv, handelt aber stets allein. Damals hatte er eine kleine Biogärtnerei betrieben. Andere machen das als dynamische Gruppe, verbringen ein paar beste Jahre ihres Lebens, bis die Gruppe und damit auch das Geschäft auseinanderbricht. Nicht so Ricardo. Er betrieb stur seine Ein-Mann-Gärtnerei. Doch dann verließ ihn die Frau, und ein halbes Jahr später ging die Firma ein. Heute arbeitet er in einer Sägerei. An seinem Arbeitsort angekommen, setzt er sich den Gehörschutz auf und fährt mit einem Seitengabelstapler Holzbretter herum. Die Kollegen lassen ihn in Ruhe. Er ist damit glücklich, wie er nur sein kann.

Der Sieger eines Spiels setzt aus, der Verlierer spielt gegen den Dritten weiter. Das ist unser Modus. Die Loge ist erfüllt von dem leisen Knurren und Brummeln alter Männer und dem Klick und Klack der hölzernen Steine. Zwischendurch machen wir gemeinsam Pause. Wir betrachten den fein gepunkteten Nachthimmel und jeder fliegt in seinem Verstand weg von allem irdischen Tumult, taucht ab in endlosen Sternennebeln.

Ricardo kehrt als Erster zurück. »Zauberhaft, dieses Universum«, sagt er in die Stille hinein, »dennoch die Frage: Ist es nicht zu groß für uns? Wem macht diese Weite und die Wirrnis nicht Angst? Wer schafft es, durch dieses Lebenstoben hindurchzugehen, ohne jemals den Fluchtreflex zu verspüren?«

Er lässt sich auf mein marokkanisches Kanapee plumpsen.

»Es sind nicht die Dinge selbst, die uns beunruhigen, sondern die Vorstellungen und Meinungen von den Dingen«, erwidere ich. »Sagt mein Autor.«

Ricardo hebt hilflos die Schultern. »Schützt uns das vor den Dingen?«

»Die Frage ist vielmehr«, sage ich, »schützt uns das vor uns selbst? Die zweite Frage ist: Haben wir uns selber derart torturiert, bis wir so verdreht waren, wie wir heute sind?«

Giorgio schaut zu mir hinüber. »Schön gesagt. Jetzt hört meine Geschichte. Vor langer Zeit habe ich einen Mann gekannt, einen Fischer von der Insel Capraia. Er hieß Paoli, wie der große Befreier Korsikas. Als ich Paoli zum letzten Mal sah, war er siebenundachtzig, das muss vor ungefähr vierzig Jahren gewesen sein. Sein Bart ging bis hier«, Giorgio hält die Hand auf die Höhe seines Bauchnabels, »und ein Auge war aus Glas. So. Dieser Mann hatte eine derartige Angst vor dem Meer, dass er jedes Mal, bevor er in seinem Boot hinaustuckerte, Gott eine Stunde lang verwünschte und anschließend seine ganzen Habseligkeiten in eine riesige Seekiste packte, die im Flur seines Hauses stand. Auf dem Deckel war ein Brief befestigt, für die Nachwelt. Wenn er zurückkam, entschuldigte er sich bei Gott, packte alles wieder aus und richtete sein Haus – es bestand nur aus einer Küche und einer Schlafkammer – neu ein. Er rechnete bei jeder Fahrt schlichtweg nicht damit, dass er zurückkäme. Dieser alte Hallodri. Er heiratete übrigens nie, weil er die Verwünschungen keiner Frau antun wollte. Wie gesagt, als ich ihn das letzte Mal gesehen habe, war er siebenundachtzig und putzmunter.«

Giorgio schweigt.

»Gute Geschichte«, sagt Ricardo.

Wir schenken neu ein und bestaunen das Farbspektrum in unseren Gläsern. Jerez-Glück, Wermut-Idylle, Pastis-Pastorale.

Die Troika, ein klandestiner Altherrenklub, vor aller Welt verborgen. Es geht uns gut. Doch an der Tür unserer Loge wartet die Tragik als humorloser Aufpasser. Sobald wir Schwäche zeigen, schnappt er zu. Deshalb sind wir albern, schusselig, *tordu*.

Lange mustere ich Giorgios Züge. Noch immer sehe ich in ihnen Spuren des Entzückens über die erzählte Geschichte. Aber ganz kurz sehe ich auch, wie seine Augen zittern, als ob sie sich für immer vor der Welt verschließen wollten. Sogleich kehrt das Grinsen zurück. Giorgio liebt seine eigenen Geschichten. Sie machen ihn glücklich, wie er nur sein kann.

Ricardo und ich kannten uns bereits seit vier oder fünf Jahren, als er sein Fahrrad unten beim Waldrand in den Bach fuhr. Er konnte nicht mehr aufstehen, schämte sich aber, nach Hilfe zu rufen. Da tauchte über der Böschung Giorgios Kopf auf. Giorgio zerrte ihn hoch, lud ihn auf seinen krummen Rücken, in den Fingern das Netz mit den Katzenfutterdosen. Drei Wochen lang saß Ricardo mit zwei gebrochenen Zehen zu Hause und konnte sich kaum rühren. Giorgio schaute jeden Tag bei ihm vorbei, und Ricardo sagte jedes Mal: »Danke, schon gut. Ich komme zurecht.« Giorgio ignorierte die Bemerkung, machte Tee, räumte auf. Wenn er damit fertig war, stellte er sich vor Ricardos Bücherregal und begann, halblaut die Buchtitel lesen: »Das Totenschiff – Rasputin – Schall und Wahn.« Ricardo verdrehte die Augen. »Anleitung zum Unglücklichsein – Die Theorie der feinen Leute – Die Gefängnishefte.« Ricardo seufzte leise.

Dann sagte Giorgio: »Gramsci war Albaner.«

»Was?«

Giorgio zog das Buch aus dem Regal. »Antonio Gramsci, der Autor dieses Buchs. Er war Arbëresh.«

»Bitte?«

»Arbëresh, die albanische Minderheit in Süditalien. Nach Skanderbegs Tod wanderten die ersten von ihnen aus, seit fünfhundert Jahren sind sie da, byzantinische Katholiken.«

Ricardo wechselte die Position auf seiner Pritsche. »Gramsci war Sarde«, sagte er.

»Eben. In Ales geboren, als Arbëresh. Sein Großvater war aus Albanien gekommen. Ich kenne Ales, war ein paarmal da.«

»Möglich. Gramsci ist der vielleicht größte Denker des zwanzigsten Jahrhunderts«, sagte Ricardo.

»Aber wem nützt es? Was die Roten im zwanzigsten Jahrhundert angerichtet haben, konnte auch ein

Gramsci nicht verhindern. Die Arbëresh sprechen übrigens toskisch.«

Ein paar Tage später lernte auch ich Giorgio kennen, und die Troika feierte ihre erste Abendséance.

Mit ihm begann das mit den Namen. Ich weiß nicht mehr, was der Auslöser gewesen war, es entsprach einfach dem Geist unserer Zusammenkünfte. Erst war es wie ein Spiel mit Masken, doch nach und nach verliehen uns die neuen Namen eine andere Identität. Im Geiste sind wir Griechen, denn wir glauben an die Rhetorik, an das Palaver, an das Wort. Wir geben uns italienische Namen, denn wir glauben, dass jede Tragik eine komödiantische Seite hat. Wir spielen ein indisches Brettspiel, denn wir glauben an Vishnu, den ewigen Erhalter und Versöhner.

Wir stellen die Gläser hin und spielen weiter. Giorgio ist ein Meister, wenn es darum geht, einen Stein ganz knapp zu versenken. Als ob ein Lufthauch dem Stein noch den letzten Rest geben würde, dann kippt er ins Viertelkreisloch.

»Was hast du eigentlich auf Capraia gemacht?«, fragt Ricardo.

Giorgio legt den Kopf flach auf den Rand des Bretts, schätzt die Aussichten seines Vorhabens ab. »Capraia liegt ein kleines Stück vor dem Zeigefinger Korsikas, Cap Corse«, sagt er.

»Ja?«

»Nun, ich komme von den Bergen, aber ich hatte Sippe in Bastia. Einer der Onkel verkaufte Ziegen- und Rindfleisch auf Capraia. Einmal die Woche ging er hinüber. Die Ziegen von Capraia sind geschützt, die dürfen sie nicht schlachten, und das fade Fleisch aus Italien wollen sie nicht. Das Geschäft meines Onkels mit Capraia hatte selbstverständlich keinen offiziellen Status, wenn ihr versteht, was ich meine.«

Langsam setzt Giorgio den Zeigefinger an, lässt ihn vorschnellen, der Striker gleitet, stößt den gesuchten Stein an, der Stein rutscht seinem Untergang entgegen.

»Und Paoli war der Abnehmer des Fleisches?«, fragt Ricardo weiter.

»Nein, nein. Paoli hat nur seinen Fisch gegessen. Abnehmer war der Einbeinige.«

»Aha. Der Einäugige und der Einbeinige.«

»Genau. Inselmenschen leben gefährlich.«

Die Troika. Vielleicht ist sie nicht mehr als eine seelische Prothese. Ricardo hat eine Familie verloren, seinen Sohn hat er seit zwanzig Jahren nicht mehr gesehen. Auch für mich gibt es keinen Weg zur Familie zurück, und das soll so bleiben. Ich bin keineswegs versöhnt, aber es geht mir gut. Die Troika hat einen wichtigen Anteil daran.

Ricardo und ich werden wohl nie erfahren, was die

Troika für Giorgio bedeutet. Ich bin sicher, auch seine Seele braucht das eine oder andere Ersatzteil. Doch woher kommt dieses Labyrinth von einer Seele, die jeden Tag neue Räume entblößt, um sich dann wieder ganz zu verschließen? Was ist Giorgios Kern? Jedem – auch dem, der nicht nachfragt – erzählt er von seiner Heimat Korsika. Giorgios Leben ist auf unglaubliche Weise mit der Geschichte dieser Insel verwoben, alle Protagonisten der korsischen Geschichte tauchen früher oder später in den Erzählungen über seine Familie auf. Aber die Sache ist komplizierter.

Giorgio ist kein Korse. Wer weiß, ob er überhaupt jemals auf Korsika gewesen ist. Geboren wurde er in Griechenland. Seit wann er hier lebt, weiß niemand. Es gab da vor einigen Jahren einen Vorfall. Giorgio lag bewusstlos im Wald, am Kopf blutete er stark, ein Spaziergänger fand ihn. Giorgio wurde ins Krankenhaus gebracht. Er war schnell wieder aufgepäppelt, Giorgio ist robust, aber man behielt ihn länger dort als nötig. Ricardo ging hin, fragte nach, man wimmelte ihn ab mit der Begründung, einige Abklärungen vornehmen zu müssen. Er kam zu mir: »Gustavo, das kommt mir nicht koscher vor. Wir müssen etwas unternehmen, sonst geht Giorgio uns verloren.« Also ging ich zum Oberarzt. Ich ging zur Polizei, ich ging zum Einwohneramt, zum Gemeindeschreiber. Alle sprachen von Gefährdung und Maßnahmen, und ich dachte: Ricardo hat recht gehabt, Giorgio geht uns verloren. Also setzte ich ein paar Hebel in Bewegung. Ich kann das. Es geht darum, wie man vor den Leuten auftritt. Seit diesem Vorfall bin ich Giorgios Schutzengel.

Aus seinem Griechenland hat Giorgio sein Korsika gemacht. Doch auch für den, der das weiß, gibt es genug Lücken in seinem Leben. Ich bezweifle, dass Giorgio sie selbst füllen könnte. Meine damaligen Recherchen ergaben, dass seine Eltern wahrscheinlich Kommunisten gewesen waren und im griechischen Bürgerkrieg gekämpft hatten. Kann sein, dass er eines jener Kinder war, die damals zu Tausenden in kommunistische Länder wie Jugoslawien oder Albanien gebracht wurden. Um sie vor dem Bürgerkrieg zu schützen, wie die Partisanen sagten. Um sie zu Partisanen zu erziehen, wie ihre Gegner sagten. Viele dieser Kinder fanden nach dem Krieg den Weg in ihre Heimat nicht zurück. Wie Giorgio letztlich in die Schweiz kam, konnte ich nicht nachvollziehen. Und was mit ihm in diesem Land passierte, bevor er in unser Dorf kam, auch das fand ich nie heraus. Auf jeden Fall ist Giorgio bereits ein paar Mal verloren gegangen. Wer weiß schon, wie die Dinge wirklich liegen. Wer weiß, wie Giorgio die Dinge sieht. Und was die Angst und der Fluchtreflex aus ihm machen.

Ricardo und ich haben damals entschieden, dass

es besser ist, wenn Giorgio nichts von seinem Schutzengel weiß. Aus verschiedenen Gründen bin ich es,
und nicht Ricardo. Erstens wegen des Auftretens,
zweitens wegen des Geldes. Manchmal muss ich eine
Rechnung bezahlen, Ricardo könnte das nicht. Ich
fühle mich nicht unbedingt wohl dabei, und ich
denke, dass das alles ohnehin nichts hilft. Denn eines
Tages wird Giorgio nicht mehr da sein, und niemand
wird etwas wissen. Und vielleicht ist auch die Geschichte über seine griechische Vergangenheit falsch.
Ich werde es wohl nie herausfinden.

Die Troika beendet die heutige Spielrunde. Giorgio
war wieder einmal nicht zu schlagen. Er ist zufrieden.
Ricardo hat selbstgemachte Amaretti mitgebracht.
Wir tun überrascht, obwohl er jedes Mal etwas Selbst-
gemachtes mitbringt. Giorgio und ich trinken Kaffee,
Ricardo kann nicht: »Ein Schluck und mein Herz
wummert zwölf Stunden lang.« Er nimmt noch zwei
Fingerbreit vom goldenen Sherry.

Köstlich, die Amaretti. Giorgio greift gerne zu. Er
kennt da keine Hemmungen. »Man foll effen, wenn ef
fich lohnt, fonft läfft man ef bleiben«, sagt er und
nimmt sich noch ein Stückchen.

»Banale Einsicht, aber bedenkenswert«, erwidert
Ricardo.

»Überhaupt nift banal«, sagt Giorgio und schluckt,

so dass sein Adamsapfel tanzt. »Es gibt Indianer in Brasilien, die leben konsequent nach dieser Maxime. Manchmal hungern sie tagelang, ohne dass ihre Fröhlichkeit darunter leidet. Noch nie ist einer von ihnen verhungert oder an Überfettung gestorben, nie. Essen, wenn es etwas zu essen gibt, da kommen wir her. Frag den Paläontografen.«

Ich huste. Giorgio bedient sich erneut.

»Ja«, sage ich, »schon wahr. Unsere berühmte Vorfahrin Lucy hat vor drei Millionen Jahren Aas gegessen. Die Australopithecinen haben wahrscheinlich noch nicht gejagt. Aber sie brauchten Fleisch. Also haben sie den Himmel nach Aasgeiern abgesucht und sind ihnen gefolgt.«

»Aas«, ruft Ricardo.

»Ja, Aas«, sagt Giorgio und gluckert, »da kommen wir her. Der Paläontokrat hat's gesagt.«

Es ist zwanzig Minuten nach Mitternacht. Wir haben Likör und Schnaps getrunken, wir haben mediterrane Häppchen gegessen, wir haben gespielt. Ich glaube, wir sind wieder für ein paar Tage versöhnt.

Mein Gesellschaftsverlangen ist mit diesen Abenden gestillt, mein Glücksverlangen ebenfalls. Mehr brauche ich nicht. Wie Haselnüsse passen meine Bedürfnisse in eine Hand, die in eine Hosentasche passt. Wer in einer solchen Familie aufgewachsen ist wie ich, wer diese Familie für immer verlassen hat, hält Glück für eine überschaubare Größe. Ich hätte damals jemand anders werden sollen, die Fußstapfen eines Patriarchen hatten auf mich gewartet, ein Leben wie eine Kuchenform, doch ich passte da nicht hinein. Der Patriarch hat gedrückt, gequetscht, gezerrt, es tat weh. Der Sprung vom Tellerrand meines damaligen Lebens hat mich gerettet. Jetzt jongliere ich mit den drei Glücksnüssen, die mir geblieben sind: meine Paläontologie, mein Epiktet, meine Freunde. Sie bringen genug Wohlbefinden hervor. Und ich befinde mich am Rand des richtigen Tellers. Darauf kommt es an.

Wir erheben uns. Ricardo hängt das Spielbrett an die Wand, Giorgio drückt sich die letzten zwei Amaretti in den Mund und bringt das Geschirr in die Küche. Ich stelle mich ans Fenster. Meine Welt, denke ich. Sie hat in einem einzigen Abend Platz. Alte Männer brauchen Einfachheit.

Meine Freunde stehen an der Tür und winken. Leise steigen sie die Treppe hinunter. Ich trete in den Türrahmen, blicke ihnen nach. Dann schließe ich die Tür.

Mummenschanz

Ich öffne die Tür und senke den linken Fuß in die Dunkelheit. Die Stufen knarzen, auf der letzten stolpere ich fast über die Pyjamahose. Unten ist der Boden kalt, die Luft aber feucht und warm. Ich knipse die Taschenlampe an. Langsam gleitet der Lichtkegel über eine Wand von Glasscheiben. Die Tiere hinter der Spiegelung sind vollkommen reglos.

Orchideenmantiden sind sehr empfindlich. Wenn man nicht vorsichtig ist, liegen sie von einem Tag auf den anderen tot im Terrarium. Weil sie sich kaum bewegen, vergessen die Leute, dass man sie täglich pflegen muss. Für mich sind Mantiden wie Freunde. Ich erzähle das lieber niemandem, sonst würden mich einige noch komischer finden. Der wissenschaftliche Name der Tiere ist *Hymenopus coronatus*. Ihre Glieder fügen sich zu winzigen Skulpturen, aber das Schönste an ihnen sind die Augen, lange gebogene Zylinder in blassviolett oder zartrosa. Wie alle Fangschrecken passen sie sich ihrer Umgebung an. Wenn ihre Beute sie mit der Pflanze verwechselt, auf der sie sitzen, hat die Tarnung ihren Zweck erfüllt. Ein

Exemplar verkaufen wir für zehn bis zwanzig Franken, je nach Größe und Färbung. Einige der Käufer kommen immer wieder, weil sie unsorgfältig sind oder ihre Kinder die Mantiden aus Versehen zerquetschen. »Sie behandeln die Tiere wie Spielzeug«, sage ich zu Mutter. Aber Mutter stört das nicht.

Seit zwanzig Jahren züchtet sie Mantiden. Vater gefällt ihre Beschäftigung nicht, doch sie verdient ein bisschen Geld damit, und deshalb schweigt er. Er hat sogar den Keller ausgebaut und Regale für die Terrarien geschreinert. Klar, er hat es vor allem deshalb gemacht, weil er die Tiere nicht mehr in der Wohnung haben wollte, aber trotzdem. Er respektiert Mutters Wissen. Manchmal rufen Menschen von weit her an und fragen sie um Rat. Die Züchtung gilt als schwierig, und bereits die Paarung ist gefährlich. Es geschieht nicht selten, dass ein Mantidenweibchen das Männchen aus Versehen auffrisst. Dann kann man von vorne anfangen. Sitzt das Männchen aber einmal auf dem Rücken des Weibchens, lässt es sich nicht mehr abschütteln. Die Paarung kann gut und gerne einige Stunden dauern. Manchmal stirbt das Männchen danach, ohne aufgefressen zu werden. Wenn die Paarung geklappt hat, bauen die Weibchen eine Oothek, so nennt man ihre Eipakete. Etwa sechs Wochen später schlüpfen die Larven. Da ich wissenschaftlicher Illustrator werden will, zeichne ich jedes unserer Tiere ab.

Fred und Igor lasse ich nur ungern in den Keller. Sie fragen ständig, aber nachdem Fred einmal eine Mantis befingert hat und diese am nächsten Tag braun war, wimmle ich ab. Mutter sagt: »Nicht so schlimm, er wusste es ja nicht«, aber ich finde, Fred könnte besser aufpassen, selbst wenn er von der Sache nichts versteht.

Auch Fred und Igor finden mich komisch. Das mit den Mantiden verstehen sie genauso wenig wie mein Interesse für Schach. Fred sagt: »Bei den Mädels hast du mit diesen Heuschrecken und Schach die schlechtesten Karten in der Hand. Ist dir das klar? Du musst das ändern, sonst kriegst du nie eine ab.«

Nun, Fred hat auch noch nie eine abgekriegt. Igor sowieso nicht, aber ihn stört das kein bisschen. Auch Igor ist manchmal komisch. Fred hat einmal bei ihm durchs Stubenfenster beobachtet, wie er seiner Mutter die Füße massierte und die Mutter dabei mit Grunzen und Quieken nicht mehr aufhörte, während er selbst laut gluckste. Aber Igor kann nichts dafür. Es ist die Mutter.

Mir selber macht das Komischsein nichts aus. Doch ein paar Dinge gibt es, die auch Fred und Igor nicht unbedingt zu wissen brauchen. Zum Beispiel meine Vorliebe für Dytiscidae. Außer meinen Eltern weiß niemand etwas davon, und verstehen tut es eigentlich nur Mutter. Ich kann nicht sagen, woher die Vorliebe kommt, ich interessiere mich eben für diese Tiere. In der Laiensprache heißen sie Schwimmkäfer. Mehr als 150 Arten gibt es in Europa, Gelbrandkäfer, Breitrandkäfer, Kugelschwimmer, Teichschwimmer, Flussschwimmer, Zwergschwimmer, Gaukler und viele mehr. Der Kosmos-Käferführer enthält die ganze Systematik mit Zeichnungen.

In Sachen Schwimmkäfer bin ich immer allein unterwegs. Zu meinem Lieblingsteich im Dickicht des Unteren Holzerwalds komme ich kaum hin. Für die letzten dreißig Meter von der Anhöhe aus, wo eine Fuchshöhle mit acht Eingängen ist, brauche ich zehn Minuten. An meinem Teich finde ich die meisten Schwimmkäfer, die schönsten und die größten.

Noch immer regt sich nichts hinter den Glasscheiben. Die Mantiden sitzen still in den Orchideen. Ich setze mich auf eine Holzkiste und knipse die Taschenlampe aus. Ich muss nachdenken.

Ich denke an die Fuchshöhle, den Teich und die Schwimmkäfer. Dort im Wald ist es vor wenigen Tagen passiert. Die Schwimmkäfer sind nicht schuld. Ich allein bin es. Es hat bloß mit ihnen angefangen. Und dann bin ich auf den falschen Weg geraten.

Vielleicht hat es mit dem Alter zu tun. Wie bei Fred, der auf den Tag zehn Monate älter ist als ich. Normalerweise ist er einfach der alte Fred, doch manchmal glaubt man jemand anderen vor sich zu haben, der sich eine Fred-Maske auf den Kopf gestülpt hat. Er sagt: »Heute will ich einfach alle umbringen.« Oder: »Gestern habe ich beim Händewaschen extra viel Seife genommen, und dann habe ich gerubbelt und es hat so krass geschäumt und ich habe weitergerubbelt, ich konnte nicht mehr aufhören, bis ich wie ein Idiot schreien musste.« Man könnte sagen: Es war einfach ein Unglück. Aber es war mehr, ich weiß es.

Der letzte Schultag. Erst Mittagessen in der Aula, am Schluss Verteilung der Zeugnisse. Ein einziges Quieken und Grölen in den Gängen. Man weiß nie, wann man gehen darf bei dem ganzen Durcheinander. Fred und Igor waren nicht zu sehen, ich schlich leise davon. Zu Hause packte ich meine Utensilien in den Rucksack: Kescher, Köder, Gewürzgläser, Pinzette, Etiketten, Zeichenblock und so weiter. Vater blickte über den Zeitungsrand und sagte: »Mach keinen Blödsinn.« Ich sah seinen Mund nicht, aber an den Augen bemerkte ich, dass er lächelte. Ich hatte noch nie Blödsinn gemacht.

Der Untere Holzerwald ist ein dichter Wald, fast kein Licht dringt durch seine Baumkronen, weshalb es nach Regenfällen lange feucht bleibt. Einmal war ich mit Fred und Igor hier, um eine Baumhütte zu bauen. Wir streunten herum, Fred hob Äste vom Boden auf und halbierte sie, indem er sie gegen die

Baumstämme schlug, Igor drückte seine Hände in den Morast. Ich selber achtete darauf, dass wir einen weiten Bogen um meinen Teich machten. Natürlich bauten wir keine Baumhütte. Wir schaffen es nie, etwas zu bauen. Wir streunen nur herum und knuffen uns gegenseitig.

Als ich am Teich ankam, holte ich den Teleskopkescher aus dem Rucksack und kauerte mich auf meinen Lieblingsstein. Man muss erst mal eine Weile hinschauen. Begreifen, was geschieht vor den eigenen Augen. Um meinen Kopf schwirrte eine Königslibelle, Rohrkolben bewegten sich sacht im Wind. Ich sah dunkle Flecken an die Wasseroberfläche steigen und mit einem Zucken wieder in der Tiefe verschwinden. Man muss das können, das Observieren. Man muss begreifen wollen, was Tiere tun und warum sie es tun. Alles hat einen Zweck, jede Bewegung einen Sinn.

Ein Knall ertönte in der Ferne, ein Eichhörnchen über mir ließ einen Tannenzapfen fallen. Er fiel ins silberglänzende Wasser und verwischte die flimmernde Welt vor meinen Augen. Ich sah hoch. Nichts regte sich im dunklen Wirrwarr der Äste.

Vielleicht hat es da begonnen. Wenn es am Schluss in mir drin war, kann es auch bereits dort unten am Teich in mir drin gewesen sein. Der Keim von dem, was später kam. Denn alles fängt viel früher an, als man meint. Beim Menschen, in der Natur, eigentlich überall. Aber in jenem Moment bemerkte ich nichts. Ich lauschte dem Knall nach, hielt mich still und hörte nichts. Ich spähte zwischen den Baumstämmen hindurch, während das Wasser vor mir sich wieder glättete, und sah nichts. Und doch war etwas anders. Ich konnte nicht mehr stillsitzen. Nach fünf Minuten packte ich meine Sachen zusammen.

Eine Weile zog ich kreuz und quer durch den Wald, ein paar erstaunliche Farne und eine Fuchsspur hielten mich auf. Ich stieß an den Waldrand und kam auf einen schmalen, fast ganz überwachsenen Pfad. Wo das Dorf geblieben war, wusste ich nicht mehr. Ich sah nur diesen komischen Rauchpilz in der Ferne und dachte mir nichts dabei. Nach dem schmalen Pfad gelangte ich auf einen größeren Pfad, dann auf die Straße. Wo ich fast überfahren wurde.

Ich konnte keinen Schritt tun, als ich das Auto sah. Die Reifen quietschten, das Auto kippte zur Seite und rauschte knapp an mir vorbei. Ich blickte ihm nach, wie gelähmt. Hatte ich es schon mal gesehen? Und winkte der Fahrer nun oder schüttelte er wütend die Faust? Heute frage ich mich, ob es diesen verpassten Zusammenprall wirklich gegeben hat oder ob ich im Wald eingeschlafen war und alles geträumt hatte.

Ich kam schließlich von einer ganz anderen Seite als

sonst in das Dorf. Hier gab es nur große Einfamilien-
häuser mit riesigen Gärten und Swimmingpool. Kein
Mensch weit und breit, kein Geräusch, nur ein Bellen
in der Ferne. Ich wandelte still zwischen Hecken und
Mauern. Bis ich das Schilf sah.

Wie ein Hund an der Leine, der das Reißen seines
Herrchens an der Kehle spürt, blieb ich stehen. Ein
ganzer Wald von dem Schilf türmte sich hinter einem
Buchsbaumgestrüpp. Ich schaute hinter mich. Sah
keine Menschenseele. Ich drehte mich zurück. Im Gestrüpp vor mir klaffte ein Loch. Langsam ging ich
darauf zu.

Der Teich beim Schilf war viel größer, als ich gedacht hatte. Ich drang langsam bis zum Ufer vor,
ein paar größere Steine halfen mir. Ich zog meinen
Kescher aus und ließ ihn über der Wasseroberfläche
schweben. Dieser magische Moment, wie so oft. Ich
horchte auf das dünne Plitschen, das Tiere in und auf
dem Wasser verursachen. Mein Kescher flog lautlos
durch die Luft. Er nickte und wedelte, wie ein Drache
am Strand.

Hat es mit meinem Komischsein zu tun, dass es so
kam, wie es kam? Fred und Igor hätten den Schilfwald
ohne Zögern links liegen gelassen. Wie auch immer:
Ich selber bin schuld, dass es so kam, niemand anders.

Im Wasser bewegte sich etwas, ich hielt den Atem

an. Kurz tauchte das Tier an der Oberfläche auf, schwarz und geriffelt, und flitzte gleich wieder weg. Es erinnerte mich an eine Amphibie, die ich in einem Buch gesehen hatte. Konnte das wahr sein? Ich musste näher heran. Schnell zog ich mich bis auf die Unterhose aus. Obwohl ich wusste, dass es schwierig werden würde, aus dem schlammigen Boden wieder herauszukommen, stieg ich ins Wasser. Denn ich war mir plötzlich sicher, dass das, was sich da im Wasser bewegte, ein Kammmolch war.

Schon beim ersten Schritt breitete sich im Wasser eine rostbraune Wolke aus und mein Fuß sank in pelzigen Grund. Der Molch war verschwunden, der Fuß sank weiter. Ich ließ den Kescher fallen und zog gleichzeitig den anderen Fuß nach, der ebenfalls im Schlamm versank. Als ich mich zum Ufer umdrehte, strauchelte ich und wollte mich am Schilf festhalten, aber ich wusste, dass die Blätter mir die Hände aufreißen würden, also langte ich ins Wasser und fand den Kescher wieder, doch nichts, woran ich mich festhalten konnte. Meine Füße sanken weiter ab. Als ich die Stimme hörte, war das Wasser schon auf Bauchhöhe angelangt.

»He! Wer ist das? Was machen Sie hier?«

Ein Mann kam zwischen Bäumen und Rosensträuchern näher. Der Boden unter mir ließ weiter nach, das Wasser stand mir am Brustkorb.

»Rotzbengel! Was hast du hier zu suchen!«

Der Mann kam durch das Schilf heran. Ich brachte nichts heraus. Patschte nur blödsinnig mit den Händen auf dem Wasser herum.

»Was randalierst du in meinem Teich, du Satansbraten!«

Er begann, mich aus dem Schlamm zu ziehen. Ich wollte mein Gesicht unter dem Arm verstecken, aber der Mann schlenzte ihn weg.

»Dich kenne ich doch! Was machst du hier? Ruinierst meinen schönen Teich. Und das in der Unterhose! Wer ist dein Lehrer?«

Sein Atem roch nach Zwiebeln. Ich schniefte wie ein Erstklässler.

»Das wird Folgen haben. Wie heißt du, Lotterkind?«

Ich sagte nichts. Er drehte sich um und rief nach jemandem, wahrscheinlich seiner Frau.

»Luise!«

In diesem Moment lockerte sich der Griff seiner Hand. Ich riss mich los.

»He! Bleib gefälligst hier!«

Ich fand das Loch im Buchsbaumgestrüpp. Kurz bücken, und dann schleunigst.

»Saubub! Luiiiise!«

Ich rannte auf dem schmalen Weg. Links und rechts Mauern und dichte Hecken. Ich sah einen Bach, sprang hinunter, landete im seichten Wasser und rannte auf den glitschigen Steinen weiter. Auf einmal klaffte dieses schwarze Loch vor mir. Ich kroch hinein, hinter mir die Stimme des Mannes: »Komm raus! Da geht's nicht weiter.« Es ging weiter. Vorn die Schwärze, hinten ein Rest Licht, ich gebückt im muffigen Wasser. Noch einmal hörte ich den Mann: »Ich krieg dich schon noch, Rotznase!« Dann verstummte er.

Ich war in eine Betonröhre geraten, die von hohlem Gurgeln erfüllt war. Es musste jene Röhre sein, die den Bach unter dem Dorf hindurchführte. Ich konnte mich nicht erinnern, wo ihr Ausgang war. Im Dunkeln kroch ich weiter. Vielleicht, dachte ich, würde ich einen Schacht finden, der nach oben abzweigte. Die Röhre machte einen Bogen und einen Knick, aber kein Schacht zweigte ab. Dafür kam langsam ein Rauschen näher. Noch ein Knick, und ich stand vor einem Wasserfall. Gischt legte sich in winzigen Tupfern auf meine Haut. Was jetzt?

Ich kauerte mich hin. In diesem Moment begriff ich, dass ich den Teleskopkescher noch immer in der Hand hatte. Er fühlte sich merkwürdig schwer an. Ich führte die andere Hand ans Netz und wusste sofort Bescheid. Schwer und weich fühlte es sich an, ölig und geriffelt. Da hockte ich also in diesem dunklen Loch, hatte keinen Schimmer, wie ich wieder hinauskam, und hielt in meiner Hand einen Kammmolch. Er wollte nicht weg, und wenn ich ihn anstupste, stupste er sanft zurück.

Ich versuchte, die Höhe des Wasserfalls abzuschätzen, und fragte mich, wie es in einem Abenteuerroman jetzt wohl weiterginge. Dann steckte ich den Molch in die Unterhose, ließ den Kescher stehen, streckte die Hand ins fallende Wasser, suchte, und tatsächlich, ich ertastete eine Stufe. So ging das in den Romanen. Langsam kraxelte ich durch das stinkende, stiebende Wasser hoch.

Nach dem Wasserfall ging es geradeaus weiter. Der Molch schien sich in meiner Unterhose wohlzufühlen. Wenn er sich bewegte, entfuhr mir ein leises Schnauben. Es folgten ein paar Bögen und Knicke, und plötzlich war die Röhre zu Ende. Um mich herum blieb es pechschwarz, doch ich konnte nun aufrecht stehen. In den unsichtbaren Mauern gurgelte und ratterte es. Ich stolperte über eine Stufe und kroch auf einen trockenen Boden aus Beton, der schräg in die Höhe führte. Es wurde heller, und ich stieß mit dem Kopf an ein Gitter. Dahinter fahles Licht, eine vermooste Wand. Ich legte mich hin.

Hier bin ich also, dachte ich. Kleiner, dummer Junge in der Unterhose, verloren in einem dunklen Loch. Nur ich bin schuld, ich weiß es. Aber es geht niemanden etwas an, keiner hat sich darum zu kümmern. Ich muss mein Problem allein lösen.

Der Molch krabbelte unter dem Gummi der Unterhose hervor. Ich hob den Kopf und sah, dass das Tier größer war, als ich gedacht hatte. Seinen Rücken zierte ein wunderschöner Kamm. Der Keim, dachte ich, woher kommt er? Vielleicht ist es mein Komischsein, vielleicht das Alter, wie bei Fred. Meine Hand legte sich über den Molch. Langsam bewegte sich sein Kopf. Ich muss hier nicht weg, dachte ich. Ich kann bleiben, solange ich will. Ich schloss die Augen und realisierte, dass das Rattern, das ich für ein Geräusch der Kanalisation gehalten hatte, Schritte von Menschen waren. Denn jetzt hörte ich auch eine Stimme, und kurz darauf eine zweite.

Ich hätte aufstehen und weitergehen sollen. Den Schacht suchen, der mich ans Tageslicht brächte. Das wäre das einzig Vernünftige gewesen. Aber ich blieb mit geschlossenen Augen liegen und lauschte den Stimmen. Bestimmt, dachte ich, hat der Mann Leute geschickt, die am nächsten Kanaldeckel auf mich warten. Vielleicht hat er die Feuerwehr gerufen, die bereits alle Kanäle ums Dorf herum durchkämmt. Vielleicht sind es Fred und Igor, die mich schon längst suchen. Ich lauschte und rührte mich nicht. Die Stimmen wurden lauter.

»Keiner kennt das. Hab ich selbst entdeckt.«

»Und jetzt?«

»Zeig ich dir gleich.«

Ich kannte sie genau, diese zwei Stimmen. Es war nicht die Feuerwehr, es waren auch nicht Fred und Igor. Das waren Renate und dieser Typ, Benno, oder Bruno? Der Molch begann, mit dem Schwanz zu wackeln, krabbelte über meinen Bauch, meine Hand hielt ihn fest. Die zwei Stimmen dröhnten über uns hinweg.

»Wir machen es uns jetzt mal gemütlich.«

»Ich will zu Chantal. Bei ihr ist's gemütlich.«

»Wie geht das auf?«

»Musst deswegen nicht reißen.«

»Ah. Jetzt!«

»Hör auf. Ich find das langweilig.«

Ich hätte rufen und sie um Hilfe bitten können, aber ich tat es nicht. Sollten sie mir alle gestohlen bleiben, und ich ihnen auch. Der Molch entschlüpfte mir, meine Hand suchte, erwischte ihn wieder. Er begann, sich zu kringeln, und ich musste kichern. Der Mann im Garten, Fred und Igor, die Stimmen über mir, alles war mir jetzt egal.

»Ich sagte: hör auf!«

»Komm jetzt. Zeig mal da.«

»Tut weh.«

»Muss weh tun.«

Der Molch zappelte, mein Oberkörper bäumte sich auf, ich prustete und lachte. Ich dachte an den Keim. Er gehörte mir, egal, wie er in mich gekommen war.

Ich konnte mit ihm anstellen, was ich wollte. Und während ich mir vorzustellen versuchte, was das sein könnte, musste ich an Fred denken. Ja, ich würde wie er sein. Wutanfälle, Boxkämpfe, Pöbeleien, der ganze Kram. Ich würde nicht mehr komisch sein, sondern so wie Fred, und Fred war normal.

»Nicht so!«

»Wie denn? Fester?«

»Nein, gar nicht!«

»Jetzt, wo wir schon hier sind.«

»Lass mich in Ruhe! Lass mich!«

Ein Kreischen hob an. Der Molch zappelte. Ich zappelte auch. Das Kreischen wurde lauter.

»Nein!«

»Doch!«

»Hör auf! Das tut weh.«

»Richtig so.«

Das Kreischen über mir begann auf- und abzuschwellen, es wurden zwei daraus, ein gellendes und ein röhrendes, die jetzt abwechselnd lauter wurden, ich wollte nicht hinhören, doch es war, als ob das Kreischen aus meinem eigenen Kopf käme, und mein ganzer Körper begann sich zu schütteln, ich konnte nichts dagegen tun, und jetzt hörte ich ein Klatschen, Fleisch auf Fleisch, dann wieder das Kreischen, zweistimmig, und ich wand und krümmte mich weiter und meinem Mund entfuhr ein Grunzen, dann schloss ich die Augen und hörte eine Explosion, die alles erschüttern ließ, sah zugleich einen Rauchpilz, er wurde immer größer, bis er alles übertünchte, die Bilder, die Gerüche, und schließlich auch die Geräusche, und dann war alles in mir still. Und ich lag nur noch da, wie tot.

Ich hatte den Kammmolch komplett vergessen, als ich mich endlich erhob und vergeblich nach den Stimmen lauschte. Auch als ich ins Wasser stieg und einen zweiten Ausgang aus der Grotte fand, die Leiter über meinem Kopf entdeckte, an ihrem Ende einen gusseisernen Deckel anhob und die Augen zukniff. Als ich hinter Gebüschen und parkierten Autos durchs Dorf flitzte und ins Haus schlich, in mein Zimmer hochstieg, eiligst eine Jeans und ein T-Shirt aus dem Kleiderschrank holte. Ich hatte keine Sekunde an ihn gedacht. Erst später, als das Fieber kam, mitten in der Nacht. Da fiel er mir ein. Ölig und weich. Schwarz und geriffelt sein Kamm.

Tagelang lag ich in meinem Zimmer. Das Fieber klang bald ab, doch ich wollte das Bett nicht mehr verlassen. Immer wieder betrachtete ich das kolorierte Insektenplakat über mir, bis die Tiere zu glühen und sich zu bewegen begannen. Dann streckte ich die Hand aus und klaubte mir ein Exemplar aus dem Plakat. Es kletterte von der Handmuschel auf den Handrücken und weiter den Arm hoch. Ich schaute ihm eine Weile zu und setzte es zurück an seinen Platz.

Alle paar Stunden kam Mutter und hielt die Hand an meine Stirn. Dann streichelte sie mir die Wange, und ich tauchte wieder unter die Decke. Zu den verlorenen Kleidern und Schuhen sagte sie nichts. Der Mann vom Garten tauchte nicht auf. Dafür standen Igor und Fred täglich vor der Tür. Wenn Mutter unten die Tür öffnete, zog ich oben die Vorhänge einen Spalt weit auf. Ich sah, wie die beiden nickten, während Mutter redete, sah ihre Enttäuschung. Die Tür schloss sich, Fred boxte Igor in den Oberarm, sie drehten sich um und gingen. Ich kroch zurück unter die Decke. Ich wollte nie mehr hinaus.

Eine Katze heult in der dunklen Nacht. Ich knipse die Nachttischlampe an und greife zu Band 4 der Großen Naturenzyklopädie von Bertelsmann. Er ist meine nächtliche Lektüre, wenn ich nicht mehr schlafen kann. Zwei komplette Bände der Enzyklopädie handeln von den Gliederfüßern. Insekten, Käfer, Spinnen. Sie existieren seit mehr als 500 Millionen Jahren. Die meisten Menschen mögen diese Tiere nicht, dabei sind sie extrem sensibel, nehmen alles wahr, was um sie herum geschieht.

Während ich im Buch blättere, höre ich wieder das Schreien vom Schacht. Ich lege mich auf die Seite, drücke das Kissen auf den Kopf und blättere weiter, aber das Schreien hört nicht auf. Ich denke an die Mädchen in unserer Schule. Sie schreien auf dem Pausenplatz, auf dem Schulweg, in der Turnstunde. Ich weiß nicht, was ihr Schreien bedeuten soll. Bedeutet es überhaupt etwas? Renate ist die Einzige, die nie auf dem Pausenplatz oder auf dem Schulweg oder in der Turnstunde schreit. Bedeutet das auch etwas?

Ich denke an die Orchideenmantiden. Alles in ihrem Leben hat einen Sinn. Die Reglosigkeit, das Wechseln der Farbe, auch das Auffressen des Männchens nach der Paarung. *Hymenopus coronatus.* Für mich sind sie Freunde.

Vorsichtig lege ich das Buch zurück und hole die Taschenlampe aus der Nachttischschublade. Leise wie ein Geist schwebe ich am Schlafzimmer der Eltern vorbei. Ich höre Vaters Schnarchen, einen tropfenden Wasserhahn, das Ticken der Küchenuhr. Schließlich stehe ich an der Kellertür. Ich öffne sie, senke den linken Fuß in die Dunkelheit und steige hinunter.

Volten

Der Boden wankte. War dies das Ende, ohne dass es je einen Anfang gegeben hätte? Hier stand er an der leeren Straße, und es war ihm, als ob alle für immer gegangen wären. Eine Oma hier, ein Arbeiter dort, ein Hund, ein Vogel, aber das waren nur Geister. Und er selbst? Wieder spürte er das Wanken unter seinen Füßen. Igor schloss die Augen, doch das Wanken blieb.

Wie immer hatte das Schuljahr mit einem gemeinsamen Mittagessen geendet. Als danach die Zeugnisse verteilt wurden, war ein Quietschen und Röhren durch das ganze Schulhaus gedonnert. Igor hatte das Büchlein unbesehen in die Schultasche gesteckt. Noten, so ein Schwachsinn. Eine Weile hatte er dem Treiben zugeschaut. Kein Fred, kein Manu weit und breit. Er war froh gewesen, sie nicht zu sehen. Die Aussicht auf Ferien machte ihn garstig. Vor dem Schulhaus eine Meute von Eltern, manche im Kombi mit laufendem Motor, die Strandsachen auf dem Dach festgezurrt. Mädchen, sich küssend, Jungen, sich gegenseitig anspringend. Aus diesem Gewühl war er ausgespuckt worden, und er war losgerannt. Bei Freysingers Kirschbaum angekommen, hatte er die Schultasche hingeschmissen. Doch anstatt sich ins Gras zu setzen, hatte er sich am Baum festgehalten, reglos wie eine Statue, dann war er zwischen den Hecken weggeschlüpft, durch einen Garten gehuscht, hinter parkierten Autos verschwunden.

Nun stand er an der leeren Straße, und der Boden wankte. Zwischen den Häusern sah er einen Jungen, der ein Selbstgespräch führte und beinahe über seine riesige Schultasche fiel. Auch er nur ein Geist, dachte Igor. Ihm fiel seine Mutter ein. Bestimmt wimmerte sie bereits Unverständliches in die filzige Luft der Wohnung. Bestimmt würde sie bald wie eine Sirene zu heulen beginnen. Er setzte sich in Bewegung und fragte sich, ob er bei Manu klingeln sollte. In ihrer zerknitterten Bluse und den verwaschenen Jeans würde seine Mutter im Türspalt stehen, im Gesicht ein breites Lachen: »Oh, Igor, komm rein, Manu ist gleich da.« Er würde sich durch den engen Korridor zwängen, an den Fotos unzähliger Gotthardpostautos vorbei, und schon käme ihm Manus Vater entgegen, die Hand weit ausgestreckt: »Igor, schön, dich zu sehen, wie geht's deiner Mutter?«

Vor dem Munzinger-Laden blieb er stehen. Er hörte über sich ein Grunzen. Der Dicke auf dem Balkon. Man erschrak jedes Mal, wenn sein Kopf über der Brüstung erschien. Igor hütete sich davor, hinaufzusehen. Er fand ein paar Münzen in seiner Hosentasche und zählte sie ab. Für zwei, sogar drei Snickers reichte es. Er trat in den Laden. Frau Munzinger sagte nie etwas, wenn Schüler ihr Süßigkeitenregal leerplünderten. Er streckte ihr die Handvoll Münzen hin und stopfte die Snickers in die Hosentasche. Frau Munzinger zwinkerte ihm zu. »Grüß deine Mutter, ja?« Er nickte.

Seit die Worte verdreht aus ihrem Mund kamen, konnte seine Mutter nicht mehr allein einkaufen. Wenn sie sich bei Frau Munzinger an die Käsetheke stellte und mit dem Finger auf die gewünschte Sorte zeigte, übersetzte Igor ihre Quäklaute. Das erste Mal hatte er sich hinter dem Müsliregal versteckt und geheult. Mittlerweile kamen sie alle drei gut damit zurecht.

Unter dem Kastanienbaum bei der Hirscheneck biss er in das erste Snickers. Auf dem Parkplatz des Restaurants standen zwei Kastenwagen. »Baggenstos Fleisch + Wurst«, »Kurt Hösli – Ihr Partner für Gartenanlagen«. Ein Auto fuhr vorbei. Über seine Flanke zog sich ein Schachbrettbalken, ein roter Wimpel zierte die Antenne. Igor versteckte sich hinter dem Stamm der Kastanie. Zehn Sekunden lang donnerte ein Bass, dann war es wieder still. Igor schob sich das letzte Snickersstück in den Mund. Er dachte wieder an Manu. Bestimmt war er nach dem Verteilen der Zeugnisse nach Hause gerannt und im Keller verschwunden. War eben seine Art, auf das Gewühl zu reagieren. Dort unten setzte er sich auf einen Schemel und zeichnete exotische Heuschrecken ab. Sie gehörten seiner Mutter, aber Manu half ihr, sie zu pflegen. Komische Familie, dachte Igor. Aber sie freuen sich immer, wenn ich klingle. Der Vater, wie er herangewieselt kommt. Ulkig. Doch wie sprach man mit einem Vater? Igor kam bei Manu zu Hause nie über einzelne Wörter hinaus, er sagte immer nur: danke, gut, ja, nein.

Zweites Snickers. Unter der Kastanie war der Boden fest, dennoch stützte Igor sich am Baumstamm ab. Erst das Gewühl in der Schule, jetzt die Leere. Etwas geschieht, dachte er. Etwas, das längst begonnen hat. Er erinnerte sich an die letzten Wochen und Tage, an die Angst vor den Ferien, Freds Tobsuchtsanfälle unter dem Kirschbaum, das Schweigen, wenn sie unterwegs waren. Ständig hatten sie darauf gewartet, dass etwas geschehe, und jetzt zog es ihm den Boden unter den Füßen weg. Als er das Snickerspapier zerknüllte, sah er eine Bewegung. Weit hinten, abseits der Hauptstraße, in einem der dunklen Fenster, ein Gesicht, eine Hand. War das ein Fernglas in der Hand? War es auf ihn gerichtet? Igor schlitterte davon. Bei Altmüllers Garage flitzte er in den Hof, quetschte sich zwischen Schrottautos durch und stieg in die letzte der Rostlauben, zog die knarzende Tür zu, sank auf dem mattgrauen Polster hinunter. Er atmete tief ein. Und zog das dritte Snickers aus der Hosentasche.

Auf dem Lenkrad prangte ein silberglänzendes Viereck, das die Buchstabenfolge »NSU« umschloss, der Tacho ging bis 200 km/h, anstelle des Autoradios klaffte ein Loch im Armaturenbrett. Igor drückte das Gaspedal durch, nichts passierte. Er stopfte das Snickerspapier zwischen Sitzfläche und Rückenlehne und fand, er könnte problemlos nochmals drei Snickers essen. Dann hob er den Kopf zum Rand des Seitenfensters. Eine Katze stand neben dem Auto und leckte sich das Fell. Wieder kam ihm seine Mutter in den Sinn. Hatte sie bereits begonnen, sich die Haare zu raufen, weil er nicht auftauchte? Würden einmal mehr ganze Büschel in der Wohnung herumliegen, wenn er nach Hause kam? Die Katze schlich unter einen grasgrünen Wagen. »Ford Granada 2.3 V6« stand auf seinem Heck, daneben prangte ein Aufkleber, der gelb-blau »Auf und Davos!« verkündete. Kaum war die Katze verschwunden, erblickte er in einem der Autos ganz vorne zwei Menschen. Sie schaukelten auf den Sitzen herum, boxten sich und verschwanden hinter den Kopfstützen. Er lugte über das Lenkrad und erkannte sofort, warum er sie nicht mehr sah. Zehn Meter von ihm entfernt stand Altmüller. Igor glitt auf dem Polster in die Tiefe.

Er hatte keine Angst vor Altmüller, aber er wollte

lieber nicht entdeckt werden. Überhaupt mochte er jetzt niemandem begegnen. Nicht einmal Fred und Manu, wenn er ehrlich war. War auch Fred aus Angst vor den Ferien abgetaucht? Wäre ihm zuzutrauen.

Igor streckte vorsichtig den Kopf in die Höhe. Altmüller war weg, die Gestalten im anderen Wagen auch. Bloß die Katze war wieder da und schnupperte an einem vermoosten Reifen. Igor stieg aus. Wie auf dickflüssiger Lava taumelte er durch das Dorf, zwischendurch machte er Pause und hielt sich an einer Hausmauer fest. Wohin? Nicht zum Brunnen, dachte er, nicht zur Hirscheneck. Er taumelte weiter. Als er bei Hartmanns altem Hof anlangte, tauchte unten an der Straße ein Auto auf. Igor sah die Schachbrettbalken und den roten Wimpel. Er wich zurück, drückte die nächstbeste Tür ein. Er schlug die Tür zu, das Auto raste vorbei.

Finsternis. In den Ohren ein Gefühl, als ob jeglicher Schall aus diesem Raum verbannt worden wäre. Langsam gewöhnten sich seine Augen an die Dunkelheit. Er war in Hartmanns ausgedientem Stall. In den Ecken lagen Strohhäufelchen, der Boden war da und dort mit brauner Kruste bedeckt. Igor ging auf das Gestänge zu, in das die Kühe ihre Köpfe gesteckt hatten, um zu fressen. Dahinter sah er Luken, die in einen größeren Raum führten. Konnte man da hindurchklettern?

Erst tauchten seine Arme in der Öffnung auf, dann der Kopf und schließlich der ganze Rest von ihm. Er fiel direkt in einen miefigen Heuhaufen. Dieser Raum war größer. Hier hatte Hartmann das frisch gemähte Gras abgeladen. An einer Wand lag Gerümpel herum. Igor machte ein paar Schritte darauf zu. Nein, kein Gerümpel, sondern Dutzende von Besen, alle säuberlich aufgereiht. Reisigbesen, Staubbesen, grobe Borstenbesen, Schrubber. Igor nahm einen in die Hand und ertappte sich bei dem Gedanken, ihn zwischen die Beine zu nehmen und sich mit einem Satz vom Boden abzustoßen. Er stellte ihn schnell wieder hin. Keine einzige Spinnwebe hing an den Stielen. Jemand musste diese Sammlung regelmäßig pflegen. Wöchentlich. Oder häufiger. Täglich. Oder häufiger. Igor wirbelte herum. Wer diese Besensammlung regelmäßig pflegte, konnte in jeder Sekunde auftauchen. Igor sah eine schmale Treppe und setzte sich in Bewegung.

Sein Kopf hob sich über die Holzbohlen. Dunkel war es hier, die Luft aber rein. Er stieg die letzten Stufen hoch. Kleiner Zwischenboden, nicht mehr als ein paar Quadratmeter. Aber auch dieser Raum war nicht leer. Da, an der Wand. Was war das? Schraubzwingen! Alte mit Holzgriff, neue mit Gummiteilen in verschiedenen Farben, winzige und riesige, rote, blaue, schwarze, eckige, u-förmige. Schraubzwingen,

Schraubzwingen, dachte er. Jemand sammelte die, aber wer war das nochmal gewesen? Es fiel ihm nicht ein. Die Treppe führte weiter nach oben, Igor folgte der Einladung.

Sein Gesicht erschien zwischen Heuknäueln und Staubbällen. Noch zwei wacklige Stufen, und schon war er oben. Weit weg sah er hohe Wände. Ritzen zwischen den Holzlatten ließen dünne Lichtscheiben in den Raum dringen. Dies war das Tenn, das kannte er. Hier war er schon einmal gewesen, als Hartmann noch gewirtschaftet hatte. Weiter vorne die Blechrohre des Heugebläses, im Gebälk Bartflechten aus getrocknetem Gras. Er durchquerte den riesigen Raum. Außer dem Gebläse war nichts zu entdecken. An einer Wand stand eine Leiter, die zum Dach führte. Er stellte den Fuß auf die erste Sprosse.

Seine Hände streckten sich nach dem Dachgebälk, als er oben ankam. Er musste den Kopf einziehen. Heiß war es hier. Er befand sich auf einer Plattform ohne Geländer. Eine große Kiste wartete auf ihn. Sie war voller Stoffknäuel, in allen Farben, blau, weinrot, olivgrün, leuchtgelb. Er griff hinein und zog ein grünes Stück heraus. Ein Arbeitskittel, mit Firmenaufschrift auf der Brust: Baumschule Imfeld. Er griff wieder in die Kiste und zog Hosen, Schürzen und Blaumänner heraus, die meisten mit Aufschrift: Brunner Hochbau, Huber Tiefbau, Schuhmacher Zamboni. Wer war dieser Jemand, der in Hartmanns altem Hof seine Sammlungen pflegte? Und wie oft kam er hierher? Igor linste über den Rand der Plattform. Die Lichtscheiben zogen immer längere Linien über den Boden des Tenns. Kein Laut dort unten. Igor hielt einen der Kittel an die Nase. Wie frisch gewaschen. Er legte alles in die Kiste zurück und stieg die Leiter hinunter. Als er unten angelangt war, hörte er vom Heugebläse her ein Kratzen, dann auch direkt unter seinen Füßen, kurz darauf bei der Treppe, die er heraufgekommen war, noch ein, nein, kein Kratzen, mehr ein Knarren von Holz, als ob etwas Schweres sich unsichtbar durch den Raum bewegte. Igor sah hinter sich eine Luke im Boden, hob sie schnell hoch, stieg ins dunkle Geviert.

Seine Füße tasteten sich in die Dunkelheit, über ihm senkte sich die Luke. Die linke Hand fuhr über eine körnige Steinmauer, die Rechte wedelte in leerem Raum. Stabile Treppe, nicht das leiseste Knarren war zu hören. Links öffnete sich eine Nische in der Mauer, rechts noch immer Leere. Er ertastete einen Gegenstand in der Nische. Kleine Schatulle aus Blech. Wieder Deckel öffnen, wieder hineinlangen. Kleine Gegenstände. Hart und kühl. Rund und geruchlos. Münzen! Aber nicht alle waren rund, zwei oder drei waren eckig, und eine hatte ein Loch in der Mitte. Ihre Oberflächen fühlten sich unterschiedlich an, manche glatt, andere rau, noch andere schienen rostig zu sein. Er schloss die Schatulle, stieg weiter hinab. Eine hölzerne Wand bremste seine suchenden Hände ab. Er fand eine Klinke, drückte, er war draußen.

Den Kopf gesenkt, die Hand über den Augen, um sie vor dem Licht zu schützen, ging er los. Grauer Asphalt, schwarzer Asphalt, Grasstreifen, Kies, Granitplatten, wieder grauer Asphalt. Er wusste nicht, wohin er ging, und stand plötzlich vor dem Brunnen. Er blickte hoch.

»Alle treibt's zum Wasserloch. Kein Wunder bei dieser Hitze.«

Es war Schorsch. Er stand ein paar Meter vom Brunnen entfernt.

»Na, wo sind denn die andern?«

Igor zuckte mit den Schultern.

»Wie geht's deiner Mutter?«, sagte Schorsch und zwinkerte.

Igor lächelte schwach.

»Bist nicht grad gesprächig, aber egal. Ich erzähl dir zur Abwechslung eine Geschichte. Hör zu. Vor fünfundzwanzig Jahren, es war nicht lange nach dem Ende der Diktatur, hielt ich mich in Spanien auf, ich war jung und stand voll im Saft und eines Tages …«

Igor hörte nicht zu. Er sah nur Schorschs wackelnde Ohren und fand das alles höchst seltsam. Schorsch erzählte wieder einmal eine seiner Geschichten, die rauchten und zischten wie Feuerwerke, während die Welt um ihn herum stehen blieb. Im Grunde genommen war es wie immer, und doch war es anders. Als ob jemand Schorsch hier hingestellt hätte, um ihm, Igor, etwas beizubringen. Wer steckte hinter Schorsch? Wer hatte ihm den Auftrag gegeben?

Schorsch verstummte und blickte Igor an.

»Ich war drauf und dran zu heiraten, verstehst du?«

Igor nickte.

»Nein, das verstehst du nicht.«

Igor nickte.

»Ich war schon damals längst der Normalität abhandengekommen.«

Schorsch kratzte sich am Kopf. Es schien Igor, als ob dabei kleine Funken aus seinen Haaren sprühten.

Seltsam, dachte er wieder. In der Regel verstand er, bevor er realisierte, dass er verstand. Jetzt war es umgekehrt. Er glaubte, etwas verstehen zu müssen. Aber es gelang ihm nicht.

»Die Normalität weiß nichts von mir, verstehst du? Das Leben, all die Geschichten begreift man nicht, wenn man von der Normalität her schaut. Dies hier zum Beispiel«, Schorsch streckte seine Arme aus, »dies ist kein Dorf. Sondern eine Prärie. Hier und dort eine Hausruine, ein tattriges Skelett, sonst nur Sand und Stein. Wir sind alle längst schon weg. Uns gibt es gar nicht mehr. Hast du das verstanden?«

Igor regte sich nicht.

»Du bist der Gescheiteste von euch Jungs. Vielleicht verstehst du's erst später. Aber vergiss nicht, was ich dir hier sage, vergiss es nicht.«

Etwas geschieht, dachte Igor, hier und jetzt. Von überall her winkten ihm Zeichen zu, dass ihm schwindlig wurde. Im Hintergrund das dunkle Fenster, hinter dem sich eine Hand und ein Fernglas bewegten oder auch nicht, der Eingang zur Hirscheneck, vor der immer noch die Lieferwagen standen, gegenüber der stille Munzinger-Laden und der Balkon, auf dem der Dicke saß. Direkt vor ihm Schorsch, der nun seufzte, als ob ihm sein geheimer Auftraggeber den Befehl dazu gegeben hätte. Igor hielt sich am Brunnenrand fest.

»Heute Abend werde ich meine Freunde sehen. So wie du habe ich zwei beste Freunde. Ich habe ihnen alles Glück meines Lebens zu verdanken. Wir werden zusammen essen und trinken und Spiele spielen, und wenn wir uns verabschieden, werde ich denken: Das ist es, das war's. Danach kann die Welt von mir aus in die Luft fliegen.«

Schorsch begann, um den Brunnen herumzugehen. Igor setzte sich ebenfalls in Bewegung, hielt sich immer schön auf der Gegenseite von Schorsch. Der Boden hob und senkte sich.

»Hast du dir das auch schon vorgestellt?«

Igor schüttelte den Kopf.

»Kawumm, und keiner ist mehr da.«

Schorschs Kopf schnellte hervor, schwebte kurz über dem Wasser und wich gleich wieder zurück.

»Die Dinosaurier haben sich auch nichts gedacht. Und dann hat es kawumm gemacht. Und keiner von ihnen war mehr da.«

Fortgesetztes Kreisen um den Brunnen herum.

»Wir wissen nie, ob es doch geschieht. Deshalb, Igor, niemals die Freunde vergessen, verstanden? Wenn der Augenblick da ist, weißt du, was Freunde bedeuten. Alles andere ist egal.«

Igor presste die Lippen zusammen. Nichts, dachte er, gar nichts verstehe ich. Der Boden verflüssigte sich weiter, zwischen den Häusern erklang ein Heulen. Igor dachte an seine Mutter, an die Rennmäuse in seinem Zimmer, die immer wieder Löcher im Käfig fanden und sich gerne in der Küche umtaten. Das Heulen stieg an, verlor sich in unhörbaren Höhen, und Igor dachte an Manu. Ja, Manu war sein bester Freund. Er würde nachher bei ihm klingeln. Er würde das Lächeln von Manus Mutter erwidern und direkt auf die Hand des Vaters zusteuern. Und Manu würde die Treppe herunterkommen, und der Boden wäre wieder fest.

In diesem Augenblick fegte ein Knall über den Himmel. Igor sank in die Knie und schaute hoch. Der

Knall prallte an den Hügeln hinter dem Dorf ab, sein Echo kehrte zurück und verlor sich zwischen den Häusern. Igor blickte zu Schorsch, dieser zuckte stumm die Achseln. Gemeinsam suchten sie die Straße nach der Ursache des Knalls ab. Gemeinsam erkannten sie, was das gewohnte Straßenbild störte. Freysinger, da, direkt vor dem Munzinger-Laden stand er. Manchmal huschte er wie eine unwirkliche Erscheinung durchs Dorf, aber jetzt stand er da und schaute zu dem Dicken auf dem Balkon hoch, und der Dicke blickte zurück, und Igor fragte sich, ob es diese zwei Blicke gewesen waren, die den Knall im Himmel ausgelöst hatten. Sie waren unentwirrbar ineinander verharkt, die beiden Männer rührten sich nicht.

Igor dachte an Manu, Fred, Renate, seine Mutter, spürte neben sich Schorsch, der von unbekannt beauftragt worden war, hier am Brunnen aufzutauchen. Jetzt, flüsterte er sich zu. Und rannte los. Im Augenwinkel sah er noch, wie Schorsch die Arme in den Brunnen senkte und Freysinger auf seinen langen Beinen zu schlingern begann. Dann war er weg.

Er rannte, ohne zu wissen wohin. Der Knall, dachte er. Freysinger, dachte er. Was ist passiert? Es hatte kawumm gemacht, aber die Welt war nicht leer, wie Schorsch prophezeit hatte. Im Gegenteil. Igor sah nun andere, die auch rannten, alle in die gleiche Richtung. Igor rannte weiter quer zu ihnen, obwohl er noch immer nicht wusste, wohin. Dann sah er Freysingers Kirschbaum und den braunen Opel. Er blickte sich um, kroch flink unter das Auto. Die Wange auf dem heißen Boden, schaute er in die Helle hinaus. Überall eilende Füße, Rufen, gellende Pfiffe. Nebenan unter dem Baum lag seine eigene Schultasche. Kein Knall, kein wankender Boden. Nur die Füße und die Stimmen.

Minuten vergingen, und Igor lag noch immer da. Dann hörte er ein Schlurfen, sah wieder ein Paar Füße, diesmal langsam auf das Auto zugehend. Direkt vor dem Auto blieben sie stehen. Es quietschte, die Füße verschwanden, die Tür knallte zu. Der Motor ging an, eine Rauchwolke verdunkelte den Tag, und Igor dachte: Manu, Fred. Meine Freunde. Für immer. Und es war ihm, als ob jetzt etwas anfing, für das es noch keinen Namen gab.

Dann setzte sich das Auto in Bewegung.

Patt

Anfänge überall. Ich sehe Sterngeburten, Kontinentalverschiebungen, die Entstehung neuer Arten, und mittendrin unsere Geschichte, winzig klein. Dort Galaxien und Planeten, hier Magda und ich. Doch wo ist unser Anfang? Jedes Mal, wenn ich ihn suche, sehe ich wieder nur die Mitte. Jenen Augenblick, als mein Sohn mit einem Satz die Welt zum Stehen brachte.

Es war ein lauer Frühlingstag, Bienen summten im Blumenteppich, zu zweit trugen wir einen Komposthaufen ab. Ganz oben lag eine Schicht Gras, die just jenen Gärungsstand erreicht hatte, den man von Silos kennt. Wir verschoben die Schicht an einen anderen Ort, sie würde den Grundstock eines neuen Komposthaufens bilden. Ich erzählte meinem Sohn ein paar Dinge über Gärung und die Verdauung von Wiederkäuern. Wo Zucker drin ist und Sauerstoff fehlt, gärt es. Das Silofutter, die angefaulte Birne, der Rülpser einer Kuh, der Pflaumenschnaps, alle haben sie etwas gemeinsam. Mein Sohn verzog die Nase, er war begeistert. »Ja, halt die Nase nur hin«, sagte ich, »und riech an der Welt, dann erzählt sie dir ihre Geschichten.« Er kratzte sich mit erdigen Fingern die Stirn, sagte: »In jedem Kleeblatt steckt schon der nächste Kuhfladen.« Wir schauten uns begeistert an, und die Welt stand für ein paar Sekunden still. Alles ist da, dachte ich, alles, was ich mir für mein Leben gewünscht habe. Genau sieben Jahre und vierzig Wochen alt war mein Sohn an diesem Tag.

Doch wie hatten wir es bis dahin geschafft? Was war vor der Mitte? Ich sehe es nicht. Ich weiß bloß, dass diese sieben Jahre und vierzig Wochen nicht das waren, wofür ich sie damals hielt. Ich dachte: Die Familie hält dich fest, wenn du am Abgrund taumelst, sie schlingt sich als warme Decke um dich, wenn der Tod durch Erfrieren droht, und selbst wenn sie eines Tages ganz auseinanderfällt – das Wissen, dass es die Familie gibt, wird dich retten vor dem Fall über die Kante, dem frostigen Erstarren. Aber ich war unerfahren im Denken, ich hatte es nie geübt. Stattdessen perlte mir sämtlicher Verstand in die Hände, und ich grub, kräuselte, knetete ihn in die Erde meines Gartens. Ich hielt mich fern von allen anderen, denn meine Welt war eine Welt der Langsamkeit.

Ich sehe einen endlosen Himmel, und ich sehe eine winzige Decke. Unsere Familiendecke, warm und weich. Unter ihr sind zahllose Anfänge verborgen. Auch unser allerletzter. Ich sehe ihn weniger deutlich als die Mitte, aber ich sehe ihn. Hier suche ich weiter.

Nach langem Hin und Her hatten Magda und ich uns darauf geeinigt, dass ich das Wagnis mit der Gärtnerei eingehen sollte. Sie hatte gerechnet und gemahnt, dass es kaum für die grundlegendsten Bedürfnisse reichen würde. Ich hatte erwidert: »Wir wissen nicht, was die grundlegendsten Bedürfnisse sind, wir müssen es herausfinden«, und hatte Magda an den Schultern gepackt, »fast alle Bedürfnisse sind eingebildet, hörst du?« Sie hatte weggeblickt und sich eine Haarsträhne um die Finger gedreht, wie sie es immer tat, wenn sie nachdachte. Aber schließlich nickte sie. Ich weiß das. Ich wäre das Wagnis nicht eingegangen, wenn ich ihr Nicken nicht gesehen hätte.

Ich bekam ein Landstück, das Teil eines ehemaligen Bauernhofs war. Mit dem Besitzer hatte ich vereinbart, dass ich zwei Jahre lang keine Pacht bezahlen würde. Es war gutes Land, der Boden hatte einige Jahre brachgelegen. Es gab alte Nutzpflanzen, die ich bewirtschaften wollte: vier Nussbäume, zwei Kastanien, viel Holunder am Rand eines kleinen Waldstücks, jede Menge Brombeersträucher. Ich hatte vor, ihre Ernte zu hochwertigen Produkten zu verarbeiten, Sirup, Pasten oder Konfitüren. Daneben das Gemüse, klassische Sorten, allesamt biologisch gezogen: Tomaten, Zucchetti, Peperoni, Blumenkohl, Kartoffeln, Kürbis, Karotten, Wirz. Ich wollte klein anfangen und nach und nach etwas größer werden, einen oder zwei Mitarbeiter einstellen. Das war meine Idee und unser gemeinsamer Entschluss.

Wir arbeiteten beide hart. Magda hatte die Stelle im Kindergarten, drei halbe Tage. Wir wollten etwas erreichen und wussten, dass wir dafür einiges wegstecken mussten. Dennoch zwängten sich die Bedürfnisse zwischen uns. Ein Wintermantel für Magda, eine neue Matratze, Wegwerfwindeln. Ich sagte: »Wir sollten nicht immer von den Bedürfnissen sprechen. Wir sollten sie einfach haben oder nicht haben. Meine sind gedeckt.« Wir bekamen von einem befreundeten Paar eine Matratze, Magda bettelte ihren Vater um dreihundert Franken an. Die Windeln wurden weiterhin gekocht.

Als unser Sohn zwei wurde, bekam sie drei zusätzliche halbe Tage im Kindergarten. Ich nahm ihn mit, wenn ich arbeiten ging. Er saß auf seinem verwetzten Hosenboden und schüttelte braune Kruste von den Karotten und Radieschen. Er zog Bachrinnen und errichtete Staumauern, während ich die Beete goss. Wir dachten über nichts nach, denn wir waren beide unerfahren im Denken. Jeden Tag vergaßen wir die Zeit, und erst die Dämmerung schickte uns nach Hause. Wenn der Bub daheim sein Gesicht nicht mehr bewegen konnte, weil die Erde darauf ausgehärtet war, sagten weder Magda noch ich etwas dazu. Still arbeiteten wir die letzten Reste unseres Tagewerks ab. Magda riss Kleidungsstücke an den Nähten auseinander, ich notierte Erntezahlen in mein winziges Notizheft. Wir schwiegen auch, wenn der Bub sein Gesicht im Bastteppich rieb und sich die restlichen Erdklümpchen mit den Fingern von den Mundecken kraulte. Ich dachte an sein Talent, glücklich zu sein, aber ich dachte auch mit Sorge daran, was er später von seinen Altersgenossen zu erdulden haben würde.

So wuchs unser Sohn heran, und der Kampf um die Bedürfnisse ging in immer neue Runden. Ich fuhr fort, meine als gedeckt zu deklarieren, während Magda die Zahl der ungedeckten hochhielt. Eine moderne Heizung endlich, damit man nicht jeden Winter fast erfriere, und wieder mal ein Buch und vielleicht ein Paar schöne Stiefel. Ich sagte: »Ein Paar schöne Stiefel würde ich auch nehmen, wenn es mir angeboten würde, aber bin ich unglücklich ohne?« Der Satz verhallte in den dunklen Kasematten meiner Familie.

Und doch war es eine gute Zeit. Neue Gemüsesorten waren erfolgreich, der Holundersirup hatte seine Liebhaber gefunden. Sie kamen jedes Jahr und ich kam mit der Produktion nicht mehr nach. Die Beeren verkaufte ich direkt, denn die Herstellung von Konfitüren hatte ich bald aufgegeben. Aber manchmal verfaulten sie mir kiloweise, weil ich sie nicht schnell genug an den Mann brachte. Ich hätte jemanden einstellen müssen, der etwas konnte, was ich nicht konnte, der zu verkaufen wusste und neue Abnehmer fand. Einen Modernitätsmenschen, nicht so einen wie mich. Ich stellte Sep ein. Er war Rätoromane und sprach nicht gerne Deutsch. Er tat das, was ich ihm sagte, und wenn er damit fertig war, sagte ich ihm, was er als Nächstes tat. Sep war perfekt, Sep war der Falsche.

Es war eine Zeit, in der ich viel lernte. Ich hatte nie ein Flair fürs Kochen gehabt, aber mit Magda, die sich jeglicher Essenszubereitung glatterdings verweigerte, bekam ich langsam Freude daran. Mein Repertoire beruhte auf den Erträgen des Gartens und war nicht groß, doch ich wusste es stetig zu verfeinern, und die Nachspeisen – Zwetschgenkompott oder warme Birnen mit Preiselbeeren – verschlang der Junge jedes Mal mit gleichem Appetit. Manchmal probierte ich etwas Neues aus, dieselben Gemüse indisch gewürzt oder im Wok nach Thai-Art. Gelobt wurde ich dafür nicht. Aber das war mir egal. Dass Magda unseren gemeinsamen Entschluss mittrug, war mir Lob genug.

Ich sehe die Zeit, als unsere kleine Familiendecke noch ganz neu war. Es war jene Zeit, in der wir mit schüchternen Worten und verlegenen Blicken etwas Großes zu knüpfen versuchten. Ich sehe den Anfang unserer Beziehung. Schwach, aber ich sehe ihn.

Was hatte uns einander zugetrieben, damals? Welche Kontinentaldrift war im Spiel gewesen? Ich verstand unsere Verbindung nicht und hatte dennoch endloses Vertrauen in sie. Ich hatte mich in Magdas Hände verliebt, die ständig in Bewegung waren, ihre selbstbewusste Weigerung, den Menschen zu gefallen, und auch in die Art, wie sie die Hüften wiegte. Wenn ich sie gefragt hatte, was sie an mir mochte, hatte sie geantwortet: »Weiß nicht. Alles halt.« Dann hatte sie leise gekichert und ihren Blick abgewandt.

Schnell rückte unser erster Anfang in die Ferne. Doch mein Glaube, sie zu erreichen, eine Stelle in ihr zu finden, die auf meine Berührung reagierte, ließ nicht nach. Ständig beobachtete ich sie, denn ich wollte sie verstehen, und sah zugleich so vieles nicht. Ihre Blicke, die immer darauf abzielten, das Gegenüber vom Sprechen abzuhalten. Ihre Hände, die das Schweigen in flatterhafter Luftakrobatik überspielten. Und viel später, als alle Anfänge weit hinter uns lagen, auch da sah ich nicht, wie sie stumm von sich erzählte.

Ich weiß nicht, wann sie angefangen hatte, ihn herumzutragen. Er war im zweiten Kindergartenjahr, und seine Füße bekamen kaum mehr Kontakt zum Boden. Sie trug ihn vom Bett auf die Kloschüssel, von der Kloschüssel auf die Bank im Flur, von der Bank auf den Fahrradkindersitz. Manchmal sagte ich zu ihm: »Komm her, mein Sohn!« Er sah mich wortlos an und wurde im gleichen Moment abermals aufgehoben, flog mit baumelnden Beinen davon.

Als er in die erste Klasse kam, begann ich, nachmittags an der großen Treppe vor dem Schulhaus auf ihn zu warten. Wenn er in der Schülerschar auftauchte, winkte ich ihn zu mir, und schon waren wir davon. Fortgetragen von flinken Beinen, mein Sohn und ich, in unsere Welt voller Einfalt. Aus der Luft sah man uns als winzige Gestalten im Ornament meiner Gartenbeete. Wir lernten, indem wir uns über das Geschehen bückten, es von Nahem verfolgten, es auseinanderzupften. Wir lernten, ohne nachzudenken.

Doch bald fing sie an, ihn vor mir abzufangen. Oft verpasste ich es, überhaupt an der Treppe aufzutauchen. Sep war nicht lange geblieben, und ich arbeitete wieder allein. Mehrere Vorhaben – Hühnerhaltung, ein größeres Gewächshaus, ein Kühlkeller – waren gescheitert. Ich hatte kein Talent für Großes, meine Stärken lagen im Kleinen, in der einfachen Gartenlandwirtschaft. Ich rackerte und stellte alle meine Bedürfnisse zurück.

Als er in die zweite Klasse kam, hatte Magda ihr Kichern längst begraben, ab und zu nickte sie noch auf meine Fragen, meistens schüttelte sie den Kopf und hob den Jungen hoch, obschon sie ihn fast nicht mehr tragen konnte. Ich wusste genau, was mich damals zu ihr getrieben hatte, aber ich hatte noch immer nicht herausgefunden, was es bei ihr gewesen war. Wusste nach wie vor nicht, warum sie sich damals dafür entschieden hatte, Teil eines gemeinsamen Anfangs zu sein. Nun lag er weit zurück, und Magda hatte Weiterbildungen absolviert und eine neue Stelle an einer Schule gefunden. Zu Hause angekommen, badete sie unseren Sohn, kleidete ihn frisch an, trug ihn in sein Zimmer, setzte ihn an sein Tischchen, fuhr mit beiden Zeigefingern in seinem Aufgabenheft herum, dann trug sie ihn ins Wohnzimmer, hantierte in der Küche, fütterte ihn. Er machte alles richtig, denn er konnte nicht anders. Seine Schülerhände schwebten über den Schülerheften und schrieben die richtigen Lösungen auf, er las ausgewählte Bücher, die von selbst heransegelten und auf seinem Schoß landeten. Und Magda schaffte es, neben ihrer Mutternummer und der Arbeit immer neue Weiterbildungen anzufangen. Kurse, Seminare, Workshops, eine einzige Wut.

Überall Anfänge. Ich sehe sie alle, doch nichts wird deutlicher. Sie zeigen so vieles und verdecken noch viel mehr. Vielleicht muss ich jenen Blick wagen, den ich bis jetzt vermieden habe. Den Blick auf das Ende. Unser Ende. Es folgt direkt auf die Mitte.

Ich wusste, dass der Tag kommen würde. Und er kam. Es war ein lauer Frühlingstag, Bienensummen im Blumenteppich, mein Sohn und ich am Komposthaufen. Wir blickten auf das Gewimmel von Käfern und Maden, schnupperten an der gärfrischen Erde. Mein Sohn sagte: »In jedem Kleeblatt steckt schon der nächste Kuhfladen.« Wir schauten uns an, und die Welt stand still. Wir zwei, dachte ich, wir sind anders. Wir halten uns die Leute vom Leib und haben eine gute Zeit. Mehr dachte ich nicht. Und doch wusste ich bereits in diesem Augenblick, was kommen würde. Das Wissen hatte sich in einer kalten Schicht auf meine Haut gelegt. Ich stand auf und blieb bei der Vogelscheuche stehen, die Sep gebastelt hatte. Sie blickte in eine unbestimmte Ferne, als ob sie noch mehr als ich über die Zukunft wüsste. Ich wandte mich von ihr ab, ging zum Unterstand, um die Schubkarre zu holen. Und da hörte ich es, ich höre es jetzt noch, dieses Tappen von Schuhen auf Schieferplatten, für alle Tage meines Lebens werde ich es hören. Dann ein Scharren. Ein Piepsen. Ich drehte mich um.

Blitzschnell bewegte sie sich. Schon war sie am Eingang meines Gartengrundstücks angelangt, zwängte sich durch das windschiefe Tor. Auf ihrem Arm unser Sohn, reglos, als ob auch er es erwartet hätte. Auf dem Kiesweg beschleunigte sie ihren Schritt. Ich stand wie angewurzelt da und sah ihr nach. Sie begann zu rennen, mein Sohn schlingerte auf ihrem Arm. Weiter vorne am Wegrand stand ein Auto, Magda ging darauf zu, die Beifahrertür öffnete sich, sie stieg ein, der Motor heulte auf, das Auto verschwand in einer Staubwolke. Und wieder war es still, wie immer hier auf meinem Grundstück. Die Vogelscheuche machte keinen Wank, aber ich wusste, sie hatte alles gesehen.

Ich verräumte das Werkzeug und machte mich auf den Weg. Ich hatte es nicht eilig, dennoch nahm ich die Abkürzung über den Feldweg, der an der alten Hunderennbahn vorbeiführt, vielleicht weil über dem wilden Gras der Rennbahn ein Mäusebussard kreiste. Ich kam ins Dorf hinein. Der nette Garagist nickte mir zu, ich nickte zurück. Ich spazierte an der Molkerei und am Kindergarten vorbei, und als ich bei der Bäckerei war, sah ich unsere Haustür. Sie stand offen.

Ich hatte immer gedacht: Die Familie hält dich über dem Abgrund, denn sie ist das letzte Sicherheitsnetz, das dich zwar nicht vor jedem Sturz schützt, aber ganz sicher vor dem letzten, tiefsten Fall. Das hatte ich gedacht. Ich hatte wirklich nie viel begriffen.

Die Wohnung war fast komplett ausgeräumt. Alle Bücher und Schallplatten waren weg, auch die Lampen und die Vasen, in der Küche standen noch ein paar Töpfe und zwei Tassen, eine Gabel und ein Messer lagen neben dem Gasherd, im Schlafzimmer kein Bett, keine Kommode, ein gähnend leerer Schrank, die wenigen übriggebliebenen Kleidungsstücke waren über die ganze Wohnung verteilt. Ich sank zu Boden.

Die Tage und Nächte, die folgten, waren kaum voneinander zu unterscheiden. Bleischwere Träume boxten sich durch die Nervenbahnen meines Gehirns, alles Varianten ein und derselben Geschichte: Mein Sohn, der wie ein Luftballon in die Höhe schwebt, ich selber, der ich hochspringe, um ihn zu fassen, doch jedes Mal erwische ich ihn knapp nicht, er schwebt mit traurigem Blick davon und ich schaue ihm stumm hinterher, schrumpfe auf Daumengröße zusammen, sinke zwischen riesigen Gräsern zu Boden. Hell und dunkel lösten sich ab, die Tage und die Nächte rasten an mir vorbei. Mein Sohn flog mir unablässig davon, während ich mich nach ihm streckte und hinfiel und durch turmhohe Graswälder taumelte. Immer wieder. Bis ich den Unterschied zwischen Stehen und Liegen, Himmel und Erde, Gräsern und Bäumen nicht mehr kannte. Dann begab ich mich auf die Suche.

Ich weiß nicht, wie lange es dauerte, bis ich herausfand, wo Magda ihn hingebracht hatte. Eine Arbeitskollegin von ihr, die im Bezirkshauptstädtchen wohnte, hatte sie bei sich aufgenommen. Ich stieg auf mein Fahrrad, schwankte auf ungewohnt hohem Sattel durch blühende Landschaften. Bereits auf der Straße vor dem Haus wurde ich von der Arbeitskollegin empfangen. Nein, Magda sei grad nicht da, aber schön, mich zu sehen, prächtiges Wetter für eine Fahrradtour, nicht wahr. Kurz darauf gesellte sich ein Nachbar zu uns, der sich als Sozialarbeiter ausgab, oder war es umgekehrt? »Aha, der Gärtner, dann sind wir ja quasi Kollegen, gell?« Warum Kollegen, dachte ich, warum quasi? Er lud mich zum Kaffee ein, ich winkte ab und kletterte auf mein Fahrrad, das immer größer zu werden schien. Alle paar Tage fuhr ich wieder hin, und jedes Mal stand die Bekannte bereits auf der Straße, aber Magda war nie da und mein Sohn auch nicht. Magda sei eigentlich fast nie zu Hause, die Arbeit und alles, ich wisse schon, aber sie würde ihr ausrichten, dass ich da gewesen sei und Madga würde sich schon bei mir melden, wenn sie das denn wünsche. Ich sagte: »Wissen Sie, mein Sohn …« Sie nickte und sagte: »Ja, Ihr Sohn, ich weiß, ich weiß. Ach, Ihr Sohn …« Und sie seufzte und seufzte, bis ich nicht mehr wusste, was ich hatte sagen wollen. Und schon kam wieder der Sozialarbeiternachbar hinzu und ich erklomm mein Fahrrad, das mittlerweile so hoch wie ein Funkturm war.

Erst spät fiel mir die Schule ein. Lehrerin Notz, dachte ich, sie würde mit mir reden. Als ich himmelhoch zu Rad auf dem Pausenplatz auftauchte, stand da jemand und winkte mir zu. Es war nicht Frau Notz, sondern Herr Wiesendanger, der schon seit Urzeiten an der Schule unterrichtete. Hatte jemand mich angekündigt? Ich stieg ab. Nein, mein Sohn sei nicht mehr da, sagte er und sah händeringend auf mich hinunter.

Ja, alle seine Sachen hätte die Mutter mitgenommen. Ja, im Bezirkshauptort, den Namen der Lehrerin wisse er nicht. Es tue ihm leid.

Auf meinem schwindelerregenden Zweirad rollte ich über das Land. Jedes Mal, wenn ich abstieg, schrumpfte ich auf Hosentaschenformat zusammen. Überall wurde ich von herzlichen Menschen empfangen, die sich mit mitleidsvollem Blick zu mir hinabbückten, zahllose Einladungen zum Kaffee wurden ausgesprochen. Tage vergingen innerhalb weniger Stunden, schon war es wieder Nacht, und ich schlitterte durch Traumlandschaften voller Fallen und falscher Abzweigungen, griff nach meinem Sohn und verpasste ihn erneut. Und bereits war es wieder Tag, und wieder Nacht, und Tag, Nacht, Tag.

Ein Anwalt tauchte auf. Er trat in die Küche, stellte seine Mappe auf den Herd und sagte: »Ich komme in guten Absichten.« Dann begann er, mir von seinen Absichten zu erzählen. Magda, unser Sohn, die elterliche Sorge, die Schule, der kindliche Wunsch nach Geborgenheit und so weiter. Er zog die zwingenden Schlüsse für uns alle und schloss mit dem Satz: »Wir haben doch alle nur gute Absichten, nicht wahr?« Ich fand das nicht richtig, da musste etwas ganz und gar falsch laufen, aber ich hatte keine Ahnung, was ich sagen sollte und durfte. Magda und ich waren nicht verheiratet, wir hatten das nie erwägt und ich selber hatte mir kein einziges Mal Gedanken darüber gemacht, dass dies eines Tages ein Nachteil für mich sein könnte. Ich schwieg, der Anwalt zählte meine Möglichkeiten auf und sagte mir, welche von den Möglichkeiten ich gar nicht erst in Betracht ziehen sollte, weil das nur Scheinmöglichkeiten wären, und welche der reellen Möglichkeiten die beste für mich wäre, und übrigens sei er sich bewusst, er habe es so häufig erlebt, dass die Väter hilflos seien und impulsiv agieren würden, aber am Schluss müsse es dem Kind gutgehen, alles andere habe keinen Sinn, und das würde ich doch verstehen. Als ich in der Tür stand und ihm nachschaute, kam es mir vor, als ob seine Schultern sanft wackelten. Lachte er über mich?

Ich gab mir Mühe. Ich wollte es wirklich verstehen. Ich wollte auch wissen, was diese sieben Jahre und vierzig Wochen gewesen waren und wo der Plan sich versteckte, der für mein weiteres Leben vorgesehen war. Als Däumling stellte ich mich auf den Dorfplatz und schaute den Menschen nach, beobachtete sie, denn ich wollte wissen, wie sie ihre Geschichten angefangen hatten. Sie gingen an mir vorbei, ohne mich zu beachten. Ich setzte mich auf einsame Bänke und versuchte über mich und über die anderen nachzudenken, aber das Denken wollte nicht einsetzen.

An einem dieser Tage, die wie kurze Wetterleuchten zwischen den Nächten aufblitzten, stand ich vor der Gemeindebibliothek. Es war später Nachmittag, ich sah das warme Licht in den Fenstern. Ich trat ein, wandelte zwischen schokoladebraun gebeizten Regalen und griff die Bücher wahllos heraus. Ein Bücherstapel neben der Schaumgummimatratze wird das Toben der Nacht besänftigen, dachte ich. An der Ausleihe füllte ich ein Formular aus, streckte es zur Thekenkante hoch. Eine Hand erschien und schnappte das Formular. Kurz darauf tauchte sie wieder auf und ließ ein Stück Karton hinunterfallen. Ich hob es auf. Es war mein neuer Bibliotheksausweis. Ich trug die Bücherstapel nach Hause, türmte sie fein säuberlich neben der Matratze auf. Die nächsten Tage stöberte ich in den Wühlkisten der Flohmärkte, wo die Bücher immer von Henri Troyat oder Pearl S. Buck waren und *Die Herrin von Kaschtanowka* oder *Das Mädchen Orchidee* hießen. Stapelte weiter, ohne zu lesen. Bis ich auf dieses speckige Paket mit dem Titel *Gefängnishefte* stieß.

Der Mann auf den Umschlägen der sechs Bände blickte süffisant hinter seiner Nickelbrille hervor und ich dachte: Warum um alles in der Welt hat man diesen harmlosen Klosterschüler ins Gefängnis gesteckt? Vielleicht stellte ich mir meine eigene Gegenwart als Gefängnis vor, auf jeden Fall hielt ich Herrn Gramsci, den Autor dieser Hefte, für einen Verbündeten. Ich kaufte die Bände, schnürte sie auf dem Gepäckträger fest und fuhr nach Hause. Ich setzte mich auf den Boden, ich las und ich litt. Antonio Gramsci, erfuhr ich, war ein Baumeister am Gebäude des Marxismus. Mit Ziegelsteinen, die sich Profitmonopol, Hegemonie oder Gesellschaftsformation nannten, errichtete er wuchtige Mauern, innerhalb derer es sich bestimmt gut leben ließ, aber ich fand keinen Eingang in das Gebäude. Kaum einen Satz verstand ich. Dennoch las ich immer weiter, las bereits Gelesenes nochmals und strich Wiedergelesenes an. Ich dachte: Du musst das nicht gut finden, aber du musst versuchen, es zu verstehen, denn es geht ums Denken. Und ich dachte über das Schweigen von Magda nach, aber auch über das unaufhaltsame Reden des Herrn Gramsci in seiner Gefängniszelle. Hatte Gramsci vor seiner Gefangenschaft auch so viel geredet? Und was war Magdas Theorie? Was erzählte sie meinem Sohn, wie erklärte sie ihm unsere Geschichte?

Mir selbst war unsere Geschichte längst entwischt. Magdas Anwalt legte mir geduldig dar, wie sie weiterging, und genauso geduldig wartete er auf mein Nicken. Auch im Jugendamt und bei den anderen Behörden wartete man geduldig auf mein Nicken. Es ist keineswegs so, dass ich nichts gegen meine Situation unternommen hätte. Ich habe gemacht, was ich konnte, habe das Nicken immer wieder verweigert. Unsere Geschichte bekam ich dennoch nicht mehr zu fassen. Ich bin dem Anwalt nicht böse, auch denen vom Jugendamt nicht. Sie haben ihre Arbeit getan. Und vielleicht war es richtig von Magda gewesen, mein Besuchsrecht einfach zu verweigern. Möglich, dass ich meinem Sohn nicht gutgetan, seinen Bedürfnissen nicht entsprochen habe. Wer weiß schon, was seine wirklichen Bedürfnisse sind.

Tage und Nächte lösten sich weiterhin ab wie ein hämmernder Puls. Manchmal stellte ich mich in den Garten und beobachtete die Lichtveränderungen am Horizont. Auch Seps Vogelscheuche lehnte sich nach hinten und schaute in den Himmel. Ich rief zu ihr hoch: »Wir beide, wir sind Verbündete.« Ich suchte im weiten Blau den Punkt, den sie mit ihren Knopfaugen fixierte. »Wir warten auf die Ankunft des Denkens, aber es kommt nicht. Was soll man da tun?« So standen wir da, zwei Pfropfen, verloren in den endlosen Horizontalen, die alles Leben definierten.

In der kargen, leeren Wohnung las ich, und langsam sank ich in die Welt von Gramscis Worten, seine Theoriewut, seinen Denkrausch. Ich begann zu verstehen, was der Marxismus ist und warum es ihn gibt, warum so viele Autoren ihn heraufbeschwören und über ihn streiten, warum sie nie aufhören werden, ihn heraufzubeschwören und über ihn zu streiten. Sie alle, das spürte ich vage, kommen von außerhalb des Lebens, wie ich es kenne. Sie kommen von dort, wo das

Denken nicht in den Händen stattfindet, wo das Sein immer ein gesellschaftliches Sein ist. Ich wusste, dass ich nie ein Marxist sein würde. Ein Marxist, dachte ich, versucht nicht, den Anfang seiner Geschichte zu finden, er denkt ihn sich aus. Ein Marxist hat immer mehr Antworten als Fragen. Ein Marxist weiß in jedem Moment, wer er selbst ist.

Anfang und Ende. Ich bin sicher, es gibt sie beide. Aber sie sind nie das, was sie zu sein scheinen. Irgendwann wurde die Geschichte von Magda, mir und unserem Sohn sichtbar, doch begonnen hat sie viel früher. Und wann sie wirklich endet, weiß keiner von uns. Denn unsere Geschichte ist die Geschichte der Welt. Sterngeburten, Kontinentalverschiebungen, neue Arten. Magda. Ich. Wir.

Ich hatte lange nichts gelesen und gedacht, hatte nur in meiner Wohnung gesessen und dem Fenster zugesehen, wie es das Tageslicht hereinlässt. Da sah ich diesen Mann. Ich ging näher ans Fenster. Er lag ausgestreckt auf dem Trottoir, die Arme flach am Körper. Als ob er sich zum Sonnenbaden hingelegt hätte. Ich hatte ihn noch nie gesehen. Dann bemerkte ich seine zitternden Hände. Ich holte ein Glas Wasser, nahm einen Apfel vom Küchentisch und rannte hinaus.

Wir wurden Freunde und sind es heute noch. Gustav hat in seinem Leben nie etwas anderes getan, als zu denken. Das Denken ist nicht nur sein Beruf, es ist seine Substanz, denn es hat ihn vor seiner Vergangenheit gerettet. Als Erbe eines Lampenfabrikanten hatte er einen einzigen Daseinszweck, nämlich die Nachfolge des Vaters zu übernehmen. Ich bin das Reinprodukt dynastischen Denkens, sagt er. Doch Gustav wollte nicht, was der Vater für ihn vorgesehen hatte. Er musste sich eine neue Daseinsberechtigung suchen. Vor vierzig Jahren hat er seinen Vater zum letzten Mal gesehen. Trost hat er in der Philosophie gefunden. Platon, Cicero und Epiktet sind heute seine Patchworkfamilie.

Nachdem Gustav das Glas ausgetrunken hatte, sagte er zu mir: »Danke, Alter.« Da ich erst dreiunddreißig war, hielt ich dies nicht gerade für eine passende Einschätzung. Er fuhr fort: »Wir alten Knaben haben's nicht leicht. Hilf mir auf, bitte.« Ich half ihm auf. Als er auf den Beinen war, legte ich den Kopf in den Nacken und blickte an ihm hoch. Er konnte nicht älter als vierzig sein. Er schüttelte sein ausgebeultes Jackett zurecht, ging in die Knie, streckte die Hand aus. »Ich bin Gustav. Darf ich dich einladen? Ich kann ganz leidlich kochen.«

Gustav hatte recht gehabt. Ich hatte in den Monaten zuvor eine beschleunigte Alterung durchgemacht, die an meinem Gesicht abzulesen war. Und deshalb war ich seiner Freundschaft würdig. Denn Gustav hatte sich schon immer als alten Mann verstanden. Als einen, der die stets gleiche Hose im stets gleichen Hosengeschäft kauft, der beim Spazieren die Hände hinter dem Rücken verschränkt, der sich die Nase mit einem Stofftaschentuch schnäuzt. Alt zu sein bedeutete für ihn auch, jederzeit die Konsequenzen seiner eigenen Handlungen zu ertragen. Alt zu sein war die Voraussetzung und die Folge seiner Lebensphilosophie.

Er konnte ganz leidlich kochen, mehr nicht. Vor allem verstand er es, leckere Zutaten zu beschaffen. Man freute sich aufs Essen, wenn man sah, was er beim Kochen aus dem Kühlschrank zauberte. An diesem ersten Abend schenkte er mir einen Sherry ein. Ich hatte zuvor noch nie Sherry getrunken. Gustav sah mir mit erwartungsvollen Augen zu, als ich nippte. Ich sagte: »Ah.« Er sagte: »Und?« Ich hob das Glas und sagte: »Gelb wie ein Butternusskürbis, leicht abgetönt. Interessante Farbe.« Er strahlte, ich nippte weiter. Dann sah ich an der Wand dieses Spielbrett hängen und erinnerte mich an eine weit zurückliegende Zeit.

Das nächste Mal schenkte mir Gustav wieder Sherry ein, sich selbst jedoch etwas anderes. »Noilly Prat, pur«, sagte er und zwinkerte. Wir sind dabei geblieben. Er trinkt seinen Noilly Prat, ich bekomme den Sherry, wobei mir scheint, dass dieser jedes Mal eine andere Farbe hat. Das Spiel, das an der Wand hängt, heißt Carambole. Mit einem kleinen, runden Stein schubst man andere kleine, runde Steine in ein Loch in der Ecke des Spielfelds. Manchmal schubst man den falschen Stein an. Manchmal ist der falsche Stein der richtige. Wir lassen keine Gelegenheit aus, einige Runden zu spielen.

Nachdem ich Gustav kennengelernt hatte, pendelten sich meine Tage langsam und fast unmerklich in ihrem alten Gleichgewicht ein. Die Riesen schrumpften zusammen, ich Zwerg wuchs zu meiner ursprünglichen Größe an. Die Landschaft um mich herum wurde fest, und in meinen Kopf kehrte Ruhe ein. Ich war in einem neuen Leben angekommen. Ich fragte mich nicht, wann es angefangen hatte, es war einfach da, und Gustav war ein wichtiger Teil davon.

Eine einzige Verbindung zu meinem alten Leben unterhielt ich noch. Ich hatte begonnen, meinem Sohn wöchentlich einen Brief zu schreiben. Ich erzählte ihm vom 19. Jahrhundert, von der Eisenbahn, den Fabriken, der Bourgeoisie und den proletarischen Revolutionen. Ich dachte mir die Fragen meines Sohnes aus. Vater, warum ist Ausbeutung schlecht? Warum baut heute niemand Barrikaden? Was würdest du tun, wenn du der König der Welt wärst? In meinen einsamen Briefen spielte ich das Vater-Sohn-Fragespiel. Zehn Jahre, fünfhundertundzwölf Briefe lang.

Es brachte mich weder meinem Sohn noch Gramscis Philosophie näher.

Es gibt keinen Anfang, kein Ende. Alles beginnt und endet im selben Augenblick. Die Geschichte der Welt setzt sich zusammen aus lauter Ewigkeitsaugenblicken. Alles ist zugleich sichtbar, nichts wird deutlich.

Heute ist der Garten wieder zur Wildnis geworden. Manchmal gehe ich hin und arbeite mich mit blutroten Händen durch die Brombeersträucher, im Herbst sammle ich Nüsse ein. Ganz selten treffe ich jemanden, der seinen Sack füllt. Ich nicke ihm ermunternd zu. Die meisten Nüsse verrotten unter den Bäumen. Keiner will sie haben.

Ich arbeite jetzt in einer Sägerei. Es ist derart laut an meinem Arbeitsplatz, dass man sich nicht unterhalten kann. Zuweilen sehe ich, wie der Chef jemanden anschreit, und denke an Gramsci. Mich schreit der Chef nie an. Hat er Angst vor mir? Hat er erfahren, dass ich Bescheid weiß über den Marxismus?

Ich habe mit Holz zu tun. Man muss dieses Material verstehen. Das Verständnis beginnt in den Händen und lässt sich später in den Augen nieder. Man befühlt einen Stamm, man lässt den Kennerblick auf seinen Musterungen spazieren. Es ist kein Denken, das man dabei durchquert, aber am Schluss kommt man dennoch im Verstehen an. Wie wird dieses Holz sich verformen, bei Feuchtigkeit, bei Wärme, bei wechselndem Klima? Will es schrumpfen, sich biegen, will es Risse bilden? Wie würde es jetzt brennen, wie in zwei, in zehn, in fünfzig Jahren? Hier in der Sägerei kann ich der Eigensinnsmensch bleiben, der ich immer war, trotz Gehörschutz auf dem Schädel und Firmen-Blaumann.

Manchmal, wenn ich am Fenster sitze und dem Tageslicht zuschaue, denke ich an die Familie. Noch immer verstehe ich sie nicht. Sie fällt bröckelnd von dir ab und legt das frei, was vor ihr schon da war: deine karge, nackte Seele. Du denkst: Ich weiß nicht, was die alte Klapperseele noch taugt. Lassen wir sie in Frieden.

Ein einziges Mal kam ein Brief von meinem Sohn zurück. Er schrieb: »In der Schule lernen wir, wie Pflanzen Photosynthese machen. Sie können es nur mit Grün. Warum, weiß ich nicht mehr. Aber sie brauchen Chlorophylle dafür. Die machen etwas mit den Elektronen. Und dann entstehen aus Licht Traubenzucker und Sauerstoff. Sauerstoff ist wichtig für die Menschen. Warum, weiß ich nicht mehr. Ich habe Mutter gefragt, warum du nicht mehr da bist. Sie sagte, das ist eine lange Geschichte. Ich hoffe, es geht dir gut. Auf Wiedersehen.«

Ja, unsere Geschichte ist eine lange Geschichte. Ihr Ende ist kein Ende. Sie wird immer weitergehen.

Ich drehte den Brief meines Sohnes um und schrieb auf die blanke Rückseite: »In jedem Kleeblatt steckt schon der nächste Kuhfladen.« Heute hängt das Blatt an der Wand über dem Küchentisch. Jeden Tag bleibe ich davor stehen. Ich denke mir nichts dazu, und doch sinken die Worte immer weiter in mich hinein, dorthin, wo das Verstehen passiert.

Fallstricke

»Es war der Süße«, quiekt Steffi, »er hat uns zugewinkt.« Schon möglich, denke ich und schubse mit dem Turnschuh einen Kieselstein vom Trottoir. Steffi sieht der roten Limousine nach, ihre Perlaugen schimmern. »Er hat uns auf die Ärsche geschaut und sich etwas dazu gedacht.« Ich schlucke. Dann sage ich: »Mann, Mann!«, und Steffi beginnt eine Melodie zu trällern.

Wir stehen am Postplatz. Wenig los. Ich sollte eigentlich nicht hier sein, aber Steffi hat mich abgefangen, als ich hinter den Autos vorbeigehuscht bin. Ich wollte überhaupt nicht hierherkommen. Ich wollte, weiß nicht. Jedenfalls nicht zum Postplatz. Weit, weit weg, auf irgendeine Insel. Und nie mehr zurück.

»Jeder Typ, der dir nicht auf den Arsch schaut, ist Vollhorst. Und jeder Typ, der schaut, ist ein Finger, aber was für einer«, sagt Steffi immer. Weiß nicht, was ein Finger ist, aber bei ihr kann's nur eins heißen. Wenn Typen um uns herumschleichen, lachen wir innerlich über sie und klimpern mit den Wimpern. Grapscht einer rum, sage ich: »Pass auf, Mann. Nicht mit mir!« Einfach so, weil mir nichts anderes einfällt. Wenn die Alten wüssten, was mir alles nicht einfällt. Und was mir stattdessen im Kopf herumtobt.

War es nun der Süße? Alle sagen, er sei verschwunden, doch Steffi will ihn auf Teufel komm raus durch die verdunkelten Autofenster gesehen haben. Mir ist's egal. »Sein Gesicht war ganz nah an der Scheibe«, gluckert sie. »Er fährt zum Tennisplatz. Komm, wir gehen!« Die Leute behaupten, er habe da früher trainiert. Er hätte sich einen eigenen Platz bauen können, kein Problem für ihn, aber er wollte in seinem alten Revier trainieren, sagen sie, da, wo er sich wohlfühlte. Seit Monaten hat man ihn nicht gesehen, und jetzt hat ausgerechnet Steffi ihn entdeckt. Sie sagt: »Tennisröckchen wär jetzt schick.« Wir haben beide keins. »Na ja«, sagt sie, »abgeschnittene Jeans sind eh geiler.« Und tätschelt sich auf den Hintern.

Ich wollte nicht zum Postplatz, und ich will auch nicht zum Tennisplatz. Aber ich sage nichts, sonst fragt Steffi nach. Keinen Bock auf Freundinnentherapie. Wie soll ich denn erzählen, was passiert ist? Alles verdreht sich, wenn man es ausspricht. Grundregel des Lebens. Nichts kann man so sagen, wie es war. Besser alles vergessen.

Und dann stehen wir also beim Tennisplatz. In abgeschnittenen Jeans. Seine Limousine nirgends.

»Er kommt. Wart nur«, sagt Steffi.

»Vielleicht wollte er gar nicht zum Tennisplatz«, antworte ich.

Steffi sagt nichts. Stattdessen lässt sie eine Kaugummiblase platzen.

»Vielleicht wollte er zum Flughafen.«

Ihre Zunge schwenkt über die Lippen, die Kaugummiblase verschwindet in der Mundhöhle.

»Er fliegt weg. Und kommt nie mehr zurück.«

»Blödsinn«, ruft sie. »Er hat ein Penthouse in Dubai. Wenn er in seinem Privatjet zu einem Turnier in Australien fliegt, bleibt er dort ein oder zwei Nächte. Macht er immer so. Aber jetzt ist er hier, wirst schon sehen.«

Sie zupft an ihrem zerfransten Hosensaum, dreht sich tänzelnd um die eigene Achse. Ich sehe ihr zu. Und muss wieder daran denken. An alles, was man nicht aussprechen kann. An die letzten Minuten in der Schule. Und das, was darauf folgte.

Begonnen hat es nach dem Mittagessen. Jeder voll kribbelig, mit diesen fünf Wochen Freiheit in den Augen. Die Stimmung wie irr. Als die Zeugnisse verteilt wurden und alle losschrien, stand plötzlich Ronno neben mir. Ein feuchter Hauch in meinem Ohr: »Was geht uns das eigentlich an, der ganze Kram.« Ich sagte: »Keine Ahnung.« Er: »Hey, leihen wir uns ein Auto?« Ich dachte: Will ich? Ich sagte: »Okay.« Gelandet sind wir beim Autoschrottplatz vom Altmüller.

Ronno: »Fahren wir, Gazelle?« Ich: »Klar, Hirsch-kopf.« Ronno knurrte etwas von PS, suchte sich sein Wunschauto aus. Als wir drinsaßen, wollte er nicht fahren. Wie ein Pimpel saß er am Steuer. Ich: »Also, fahr mal!« Er: »Voll nicht. Lieber was anderes machen. Gemütlicher Sitz hier.« Ich: »Was, was anderes?« Er: »Was, was, was anderes?« Ich: »Waswaswaswasande-res?« Dann klappte er meinen Sitz nach hinten, dass ich mir fast das Genick brach.

Ich hatte nie was mit Ronno. Dabei ist er als Typ ganz okay. Recht süß, aber harmlos. So denkt auch Steffi. Sie trägt für jeden in unserer Schule eine Plus/Minus-Liste im Kopf herum. Ronno hat bei ihr in der Summe ein leichtes Plus. Recht süß, aber harmlos. Hübsche Locken, zu große Nase. Und manchmal ist er frech. Dort im Auto beim Altmüller hab ich ihm eine ins Gesicht. Nicht fest. Nur so, dass es leicht klatschte. »Willst mich umbringen, Mann?« Er: »Oh, Süße.« Und zog mir das T-Shirt hoch. Und kitzelte mich. Wusste genau, wo ich fitzig bin. Und hörte nicht auf, so dass ich fast, aber wirklich fast. Zum Glück tauchte vorne Altmüllers Kopf auf. Wie ein Raubtier, der Alte. Wir duckten uns, Ronno drückte mir die Hand auf den Mund.

Ich zucke zusammen. Steffi tätschelt mich auf den Arm. »Schau mal, die da.« Ich drehe mich um. Ein Auto fährt in den Tennisparkplatz ein, hupt. Steffi setzt sich in Bewegung. Das Fenster surrt herunter, ein Kopf taucht auf. Glupschaugen, riesige Zähne, Sturmfrisur. Steffi tänzelt vor dem Auto hin und her. Ihre Masche, kenn ich längst. Dieser Typ, denke ich. Sein Grinsen. Er dreht die Musik lauter. Hinten auf dem Rücksitz ist noch einer. Steffi ist voll juckig, ich sehe es. Tänzelt rum, quietscht und alles. Die zwei Fatzkes im Auto schauen sich an.

Ich sehe ihnen zu und denke wieder an Altmüllers Schrottplatz und Ronnos feuchte Hand auf meinem Mund. Altmüller verteilte böse Blicke in die Gegend, drehte sich um und verschwand. Ich riss die Hand von meinem Gesicht: »Fascho!« Ronno sagte nichts. Eine Katze sprang auf unsere Kühlerhaube. Kleines Blickduell, dann verschwand sie und wir auch. »Ich zeig dir ein schönes Plätzchen, bei der Fabrik«, sagte Ronno. Auf dem Weg kam uns der komische Knecht entgegen, ganz in orange Klamotten gehüllt. Er sagt sonst nie etwas, jetzt aber rief er uns schon von Weitem zu: »So, Kinder. Alles klar?« Ronno: »Voll!« Der Knecht fuhr fort: »Du, ihr müsst mich entschuldigen, aber ich muss gleich weiter. Viel zu tun heute.« Seit mehr als einem Jahr stand der Knecht den ganzen Tag auf der Straße herum, und jetzt wollte er viel zu tun haben. Komischer Vogel. Ronno: »Du, Knechtl, sag, hast schon mal eine Frau in der Hand gehabt? So eine richtige, mit allem Drum und Dran?« Ronno sah mich an, ich wandte den Kopf ab. Der Knecht blinzelte aus seinem Wieselgesicht und sagte: »Ja, äh, also, ich muss dann mal.« – »Kannst ruhig zugreifen, Knechti, schau, das Hinterteil, schön weich und rund.« Ich holte mit der Hand aus, Ronno wich zurück. Der Knecht kicherte: »Haha, nicht schlecht. So, jetzt aber schleunigst, gell!« Und entfernte sich. Ronno packte mich an der Hand, wir gingen weiter. Mir fiel Steffis Plus/Minus-Liste ein: recht süß, aber harmlos. Ich sah Ronno von der Seite an, während er seine Baggy-Hose auf halbe Arschhöhe hinunterzog. Bisschen nervös ist er, dachte ich, warum denn?

»Re, komm, kleine Runde ziehn, mach schon, Mann.« Ich winke ab. Der Grinsaffe öffnet die Beifahrertür, Steffi steigt ein, sein Kumpel hinten schreit wie ein Hirnamputierter. »Re, was ist denn los?«, schreit Steffi. Ich drehe mich um, warte, bis die Tür zuklappt. Das Auto röhrt an mir vorbei, Kies spritzt. Ich strecke die Zunge heraus und schaue dem Auto nach. Spoiler oder wie das heißt hintendrauf, an der Seite Schachbrettbalken. Haut bloß ab, denke ich.

Etwas stimmte nicht mit Ronno. Hätte ich davonrennen sollen? Auf dem leeren Fabrikhof schüttelte ich meine Hand aus seinem Griff und sagte: »Damit's klar ist. Hinterteil ist meins!« Ronno: »Dein Hinterteil, mein Spaß!« Ich: »Und was ist mein Spaß, Mann?« Er: »Wirst schon sehen.« Schaute mich an mit diesen Augen, riesengroß, und ich dachte: Was hat der drin? Ich sagte: »Hey, gehen wir zu Chantal? Sie darf rauchen im Zimmer.« Ronno: »Was glaubst du denn? Wir gehen nicht mehr zurück. Wir hauen ab, wir zwei.« Er packte wieder meine Hand und ging schneller, zu den Tanks, wo es immer zischte und gurgelte. »Hey, Chantal hat eine neue Konsole, wie heißt die nochmal? Game Cube oder so.« Keine Antwort. Etwas, dachte ich, etwas ist passiert, als wir den Knecht getroffen haben. Schraube im Hirn, gelöst und hinuntergefallen. »Mann, nicht so schnell«, rief ich, »ich brauch eine Zigi.« Bei den Tanks kein Mensch. Nur gelbes Gras, Bienensummen und das Zischen an den Leitungen. Ronno schmiss sich an eine Mauer und zog ein Päckchen Gauloises aus der Hosentasche.

Die Alten reden immer von Erfahrung und dem Zeug. Vielleicht haben sie recht. Wenn ich Erfahrung gehabt hätte. Dann wäre ich längst davongerannt. Nicht wegen dem Fummeln und den Machosprüchen. Aber wegen diesem Blick. Und der Art, wie er meine Hand nahm und durch die Gegend hetzte, als ob irgendein Ding dran wäre, nicht ich. Genug Gründe, davonzurennen. Doch ich blieb. Nahm die Zigarette, die er mir hinhielt, und setzte mich ebenfalls an die Mauer.

Ich höre ein Geräusch und drehe mich um. Ich rufe in Richtung Tennisklubhaus: »Hallo?« Keine Antwort. Mein Blick geht zum Horizont. Ich sehe eine riesige Rauchwolke und muss an das Zischen bei den Leitungen denken. Ich wische mit der Schuhsohle das Kies glatt. Noch ein Geräusch beim Klubhaus. Ein Tier, ein Mensch? Komisch, aber in diesem Augenblick fällt mir mein schlafwandelnder Vater ein. Wenn ich beim nächtlichen Gang aufs Klo im Treppenhaus seine Silhouette sehe, komme ich mir vor, als ob ich blind wäre, und er, stelle ich mir vor, sieht alles, wie ein Tier. Unheimlich. Aber auch wir Menschen waren einmal Tiere. Manchmal auf den Bäumen, manchmal am Boden, ständig gurrend, kläffend und grunzend. Ich stelle mir vor, wie es wäre, wenn wir Menschen nicht mehr sprechen könnten, wenn wir alle unser eigenes Essen jagen und sammeln müssten, wenn uns wieder ein Fell wachsen würde. Hätten wir weniger Angst vor anderen Tieren?

Mit der Schuhkante ziehe ich eine Welle in den Kies, wische sie weg. Und ziehe eine neue Welle. Und wische sie weg. Ich bin sauer. Auf Ronno. Auf die Welt. Auf mich.

Nach drei Zigaretten musste ich kotzen. Drei Mal eine Riesenladung in hohem Bogen. Ronno lachte sich kaputt. Ich schabte mit dem Finger Reste der Kotze aus dem Mund, während er weiter vor sich hinqualmte. Eine Weile musterte ich ihn, er achtete nicht darauf. Wirklich zu groß, diese Nase, dachte ich. Und die Locken sind gar nicht so hübsch. Sein Blick auch nicht. Im Gegenteil. Ich wandte mich ab, wollte an etwas Schönes denken, aber es fiel mir nichts ein. Dann stellte ich mir das Zischen und Blubbern über mir als lustige Melodie vor. Sie wechselte von lustig zu schwachsinnig und ich vergaß die Gegenwart. Ich schlief ein.

Erneut ein Geräusch. »Hallo? Wer? Ach so.« Zwei Katzen sitzen an der Ecke des Klubhauses und schauen mich an. Süß. Ich mag Katzen. Müssen kein einziges Wort im Kopf herumtragen. Keine Pest im Hirn. Die eine leckt sich die Pfote, die andere kringelt mit dem Schwanz in der Luft. Dann schauen wir zu dritt in die Ferne. Die Rauchwolke quillt in alle Himmelsrichtungen. Ich denke an den Moment, als ich mein Zeugnis in die Hand gedrückt bekam, an Ronnos feuchten Atem an meinem Ohr, meine Stimme, die »Okay« sagte, das Auto bei Altmüller, die Tanks hinter der Fabrik.

Ich wachte auf, Rauch stach mir in die Nase. Ronno hatte ein Büschel Grashalme angezündet und gluckste blöd. Ich wollte aufstehen, aber es war mir immer noch, ich weiß nicht. Kotzübel. Ich schaute Ronno an und dachte: Was ist in diesen Zigaretten drin gewesen? Seine irren Augen auf meinem Gesicht, meinem T-Shirt, meiner abgeschnittenen Jeans. Jetzt, dachte ich, jetzt oder nie. Aber als ich aufstehen wollte, knickten meine Beine ein. Als ob sie nicht wollten. Ronno half mir auf, stützte mich, und wir gingen, ich weiß nicht wie, durch Gestrüpp, Wiesen und Wald, weiß nicht wohin. Die Erinnerung daran wie hinter Milchglas. Dumpfe Formen und Farben bewegten sich um uns herum, und dann hörten wir plötzlich diesen Knall. Ich schaute zurück, dachte an das Zischen und Gurgeln, die Grashalme vor dem Mäuerchen. Ronno sagte: »Komm, hier lang.« Wir verschwanden in einem Muster von Formen und Farben und niemand sah uns.

Es raschelt. Die Katzen verziehen sich. Ich zeichne wieder Wellenmuster in den Kies. Wegstreichen, neues Muster, wegstreichen, neues Muster. Mein Hirn wie Schaum. Diese Seuche im Kopf. Irgendwann kann man nicht mehr sprechen, weil da oben alles verpestet ist. Die Sprache stirbt im Laufe eines Lebens nach und nach ab. Meine Überzeugung. Keiner kommt darum herum. Auch normale, anständige Leute, meine Eltern zum Beispiel. Sind das wirklich noch saubere Wörter, die sie brauchen? Glaub ich nicht. Vielleicht muss man sich absetzen, bevor es anfängt. Weg auf eine Insel. Und nie mehr zurück.

Hatte ich wieder geschlafen? Auf jeden Fall kam es mir so vor, als ich mich in dieser Betonhöhle fand. Ich schaute um mich. Es war dunkel, und ich sah nur schwarze und graue Flächen. Schritte hallten. Ich dachte: Warum bin ich nicht davongerannt? Die Schritte kamen näher. Es war Ronno.

»Wo sind wir?«

»Mein Versteck.«

»Nicht gerade gemütlich.«

»Hab ich selbst entdeckt.«

Ich konnte ihn nicht richtig sehen. Nur dass er vor mir hin und her lief.

»Und jetzt?«

»Zeig ich dir gleich.«

»Ich will gehen.«

Wenn ich nur die Erfahrung gehabt hätte. Aber ich bin so alt, wie ich bin, ich kann die Erfahrung gar nicht haben. Ronno lief noch immer vor mir hin und her. Und schaute mich an. Ich sah die Augen nicht, aber ich wusste, er schaut mich an.

»Wir machen es uns jetzt mal gemütlich.«

»Ich will zu Chantal. Bei ihr ist es gemütlich.«

»Hast du schon gesagt, Mann.«

Am Anfang war es noch wie normal. Ronno war schon immer einer, der grapschen will. Harmlos. Wusste ich bereits, als er in der Schule neben mir gestanden hatte. Wusste ich im Auto bei Altmüllers Garage, und auch als wir den Knecht trafen. Doch dann war der Anfang vorbei und alles, was ich gewusst hatte, stimmte nicht mehr. Ronno ist stark. Ich auch, ich kann zuschlagen, da hab ich keine Angst. Aber ich konnte mich nicht aus seinen Händen herauswinden. Konnte mit dem Fuß nicht ausholen. Er drückte mich zu Boden und seine Augen, sie waren unsichtbar, aber sie starrten, ich weiß es, sie starrten mich an, und ich hatte Schiss, so verdammten Schiss hatte ich, und ich habe nur noch getobt, sonst weiß ich nichts mehr, meine Erinnerung ist wie verpixelt, ich weiß nur noch, dass ich mich, mit Händen und Zähnen hab ich mich, denn ich bin stark und Angst habe ich auch keine, aber es half nichts, und ich glaubte, es würde nie mehr aufhören, nie mehr.

Ein Brummen hinter mir. Ich drehe mich um und sehe das Auto heranbrausen. Es dreht Kreise auf dem Parkplatz, Staub wird aufgewirbelt. Ich will nicht hier sein, wollte nie zum Tennisplatz. Ich schließe die Augen. Die Musik, bum, bum, immer bum, bum. Das Auto hält an. Hirnloses Johlen, bum, bum. Weit, weit weg von hier, denke ich. Auf eine Insel. In die Wüste.

Die Autotür geht auf. »Mann, Re, warum bist nicht mitgekommen? Die ganze Fabrik brennt. Alle sind dort. Die Feuerwehr sagt, Brandstiftung. Krass, nicht? Claudio weiß, wer es war.« Sie wendet sich dem Fahrer zu. »Sag's ihr, Claudio! Du hast ihn gesehen, den Knecht. Sag schon!«

Ich setze mich in Bewegung. Reiße die Fahrertür auf und trete dem Affen meine Turnschuhe in den Schoß, er jault auf, aber ich lasse nicht locker, bis Steffi auf der anderen Seite aussteigt, um die Motorhaube jagt und mich von dem Affen wegreißt. »Spinnst du eigentlich?« Sie lockert ihren Griff, ich springe wieder ans Auto und meine Füße treten auf alles Weiche, das sie erreichen. »Re, hör auf. Hast 'nen Knall?« Sie zieht mich erneut weg vom Auto. Meine Füße strampeln weiter. Die Autotür klappt zu, der Motor heult auf. Wir fliegen beide in den Kies. Das Auto röhrt davon.

Steffi schüttelt mich. »Du hyperventilierst, Mann.«

Ja, ich hyperventiliere, Mann. Und nicht nur das. Ich schnappe über.

»Beruhige dich, Schätzchen.«

Nein, Schätzchen, ich beruhige mich nicht. Alles in mir drin rast. Ich schließe die Augen, aber es rast weiter.

Ich glaubte, es würde nie mehr aufhören dort unten in der Höhle. Habe getobt und getobt und wusste nicht mehr, ob ich überhaupt noch hier auf der Welt oder ob ich schon längst weit weg war. Doch irgendwann war es vorbei. Irgendwann war es still in der dunklen Höhle, und ich lag allein auf dem Beton.

Lange dauerte es, bis ich mich wieder rühren konnte. Ronno war weg. Ich stand auf und torkelte davon. Tastete mich langsam vor, kalter Beton an den Fingerspitzen, stolperte über Stufen hinauf. Es wurde hell. Ich sah eine Gittertür, ein kaputtes Schloss. Dieser Eingang in der Nähe des Wäldchens. Wir haben immer gedacht, dass es ein Bunker sei. Vielleicht ist es einer, ich weiß es nicht. Ich wusch mir am Bach das Gesicht, schlich an Einfamilienhäusern und Garageneinfahrten vorbei, und ich dachte: Vergiss es, war nichts. Ronno ist ein Arsch, aber das war nichts. Paar Kratzer, sonst alles noch da. Dann der Postplatz, ich hinter den Autos vorbei. Da fing Steffi mich ab.

»Was ist denn passiert?«, fragt sie jetzt.

Ich liege noch immer im Kies und schweige. Ich weiß nicht, was passiert ist. Und wenn ich es wüsste, gäbe es keine Wörter dafür, um es zu erzählen. Die, die man hat, verdrehen alles. Ich denke an die Erfahrung. Ich hätte davonrennen sollen. Hab ich aber nicht gemacht.

»Steffi«, sage ich.

»Ja?«

»Die Jungs da im Auto.«

»Hör mal, sie sind voll okay. Reg dich ab.«

»Schon. Aber woher weißt du es?«

»Hä?«

»Wer sagt es dir? Dein Gefühl?«

»Immer. Ich verlass mich hundert Pro auf mein Gefühl. Denken kann ich eh nicht. Denken ist Lug und Trug.«

Steffi steht auf, putzt sich den Hosenboden ab. Dabei windet sie sich wie eine Schlangenfrau und guckt sich ihren Hintern an. Vielleicht hat sie recht. Den Gefühlen folgen, und die Wörter können dann machen, was sie wollen.

Steffi geht. Ich picke winzige Kiesel von meinen Knien. Wieso sind wir eigentlich hierhergekommen? Der Süße. Er ist nicht aufgetaucht. Der Mann in der roten Limousine, hinter den verdunkelten Scheiben, das war ein anderer. Denn der Süße ist vor Monaten untergetaucht, alle wissen es, und er kommt nicht mehr zurück. Da kann Steffi ihn noch lange herbeiplangen. Er ist auf und davon. Für immer.

Ich höre ein Geräusch hinter mir und wende den Kopf. Pfotenleck und Kringelschwanz stehen wieder im Schatten des Klubhauses. Während ich die beiden mustere, denke ich mir ein fernes Land aus. Es ist ein Land, in dem alle zur Katze werden, ein Land ohne Menschen und voller Stille. Schleichen, sitzen, lauern, schlafen, mehr braucht man hier nicht zu tun. Frieden ist oberstes Gebot. Muss ein schönes Land sein, denke ich.

»Mann, Re. Komm jetzt!« Ich winke den kleinen Tigern am Klubhaus zu und beginne, hinter Steffi herzutrotten. Was, frage ich mich, hindert mich daran, das Land der Katzen zu suchen? Ich blicke nach vorne zu Steffi, die schon wieder tänzelt, und beginne leise zu schnurren.

Aus

In Freds Schlepptau schritt er durch die Straßen. Hier habe ich Schorsch zum letzten Mal gesehen, dachte er, als sie am Brunnen vorbeikamen. Hier hat er mir seine letzte Geschichte erzählt, von einer Hochzeit, Dinosauriern und der Einsamkeit. Igor erinnerte sich, wie Schorsch ihn im Kreis um den Brunnen herum verfolgt hatte. Schnecke jagt Hase, dachte er, und ein Schmunzeln huschte über sein Gesicht. Das war erst sechs Tage her, aber diese sechs Tage erschienen ihm wie eine Ewigkeit.

»Penner. Fieber im Hochsommer!«, rief Fred über die Schulter.

»Vielleicht ist er angesteckt worden«, antwortete Igor.

»Von wem denn?«

»Keine Ahnung. Von den Heuschrecken?«

Manu lag krank im Bett. Sie waren unterwegs zur Katzenscheune, Fred ging voran. Es war wie eine Pilgerfahrt, die man gemächlich angeht, weil man eigentlich nicht ankommen will. Unter Freysingers Kirschbaum hatten sie sich gefragt, ob er es gewollt hätte.

Schließlich hatten sie sich auf den Weg gemacht, ohne eine Antwort gefunden zu haben.

Sie gingen weiter. Noch immer dachte Igor daran, wie Schorsch in seiner bekannt schnurrigen Art am Brunnen aufgetaucht war. Aber etwas war nicht wie sonst gewesen. Wie ein unfreiwilliger Mitspieler in einem fiesen Streich hatte Schorsch gewirkt. Was war echt gewesen an dem Schorsch, den sie kannten, und was nicht? Igor dachte an die wuchernde Stahlbürste von Frisur auf Schorschs Kopf, an der er gerne einmal gezogen hätte, und an die weichen Stellen dieses Gesichts, die er hätte kneifen wollen. Doch er wusste, dass er dabei keine Überraschung erlebt hätte. Die Überraschungen wären weit drinnen in Schorsch zu finden gewesen, dort, wo er seine Geheimnisse versorgt hatte.

Sie kamen an Altmüllers Garage vorbei. Stille zwischen den angebeulten Karosserien im Hof. Keine einzige Katze.

»Ob die Polizei noch dort ist?«, fragte Fred.

»Warum?«

»Spurensicherung.«

»Hm.«

»Bestimmt haben sie alles großräumig abgesperrt.«

Ein Auto fuhr an ihnen vorbei. Es bog nicht ab Richtung Scheune, sondern blieb auf der Hauptstraße. Eine Senke verschluckte es.

Igor fiel Freysingers Opel ein. Soweit er zurück-
denken konnte, hatte der Wagen beim Kirschbaum
gestanden. Jetzt war er weg. Igor hatte an jenem Tag
unter dem Wagen gelegen, als der Motor plötzlich an-
gesprungen war, hatte unter dem ohrenbetäubenden
Dröhnen einen letzten Gedanken fassen wollen, bevor er überrollt würde, doch während er den Gedanken noch gesucht hatte, war der Wagen ohne Berührung über ihn hinweggefahren und um die nächste
Hausecke verschwunden. Vor Schreck hatte Igor erst
nicht aufstehen können, und er hatte eine Weile liegend den Rauchpilz betrachtet, der sich vor dem glatt-
gewienerten Himmel aufgetürmt hatte.

Die Stelle, wo das Auto gestanden hatte, wirkte
jetzt wie eine Wunde in der Straße, gesprenkelt mit
überreifen Kirschen. Freysinger hatte sich nie für die
Kirschen interessiert, und Schorsch hatte sich gerne
bedient. Dieses Jahr würden alle verfaulen.

Sie bogen von der Hauptstraße ab. Fred wandte
den Kopf.

»Zwei Männer folgen uns«, hauchte er.

»Wo?«

»Dort.«

Igor blieb stehen.

»Wir dürfen nicht stehenbleiben.«

»Warum nicht?«

»Vielleicht ist es die Polizei.«

»Polizei?«

»Der Täter kehrt zum Tatort zurück. Jeder Kriminalist weiß das.«

»Täter?«

»Weitergehen!«

In einer Einfahrt stand ein flechtenbewachsener Wohnwagen, davor türmte sich ein Haufen Bierdosen. Igor fragte sich, wem der Wohnwagen gehörte.

»Eines wissen wir noch immer nicht«, sagte Fred.

»Was?«

»Woher er das Katzenfutter hatte.«

Igor sagte nichts.

»Vielleicht führt uns die Antwort zum Täter.«

Igor räusperte sich, dann sagte er: »Meine Mutter.«

»Hä?«

»Meine Mutter war's. Ich habe das Futter im Munzinger-Laden gekauft. Mutter hat jeden Abend einen Stapel Dosen in den Kelleraufgang gestapelt. Schorsch hat sie im Morgengrauen abgeholt.«

Fred blieb mit offenem Mund stehen.

»Weitergehen«, flüsterte Igor.

Fred ging weiter. »Aber«, sagte er, »aber.«

Igor zuckte mit den Schultern.

»Aber warum?«

Igor zuckte mit den Schultern.

»Hatten die zwei was?«

Igor verdrehte die Augen. Fred sagte nichts mehr.

Eine Minute später sahen sie die Scheune. Nirgendwo ein Polizeiauto, geschweige denn ein Täter. Es gibt keinen Täter, dachte Igor. Sowieso war alles anders, als Fred es sich vorstellte. Von Schorschs Leben hatten sie immer nur schmale Stellen scharf gesehen. Wenn er bei ihnen stehen geblieben war und zur Demonstration Korsisch gesprochen hatte, hatten sie kein Wort verstanden. Fred hatte behauptet, das sei kein Korsisch, und überhaupt, seine Mutter, die aus dem Welschland kam, kenne die Korsen, und Schorsch sei zwar ein Vagant, aber kein Korse. Sie hatten nie weiter darüber nachgedacht. Niemand, dachte Igor nun, niemand wird herausfinden, ob Schorsch Schorsch oder der Trick eines anderen gewesen ist.

»Wir werden noch immer verfolgt«, murmelte Fred.

»Okay.«

»Keine Angst. Sie beobachten nur das Kommen und Gehen.«

»Okay.«

Sie waren jetzt fast bei der Scheune. Das Tor war mit Plastikbändern beklebt.

»Der Tatort ist versiegelt«, sagte Fred. »Reine Routine. Wegen der Spurensicherung.«

Zehn Meter vor der Scheune blieben sie stehen. Die Frage vom Kirschbaum war noch immer nicht beantwortet. Hätte Schorsch es gewollt? Hinter dem

Rücken der Frage lauerte eine zweite Frage: Waren sie seine Freunde gewesen? Igor blickte Fred von der Seite an. Wo war er eigentlich vor sechs Tagen gewesen, als die Tanks bei der Fabrik in die Luft gegangen waren? Etwas Hartes sprang in Freds Kehle hoch. Igor sah weg und gleich wieder hin.

Fred spürte Igors Blick auf seinem Hals. Er wandte sich ab, schaute zu den zwei Verfolgern zurück. Noch einmal musste er schlucken, es ließ sich nicht verhindern. Am liebsten wollte er sein ganzes Gesicht an einem Baumstamm abschaben, auf dass eine neue Schicht hervortrete, die nicht so armselig war. Der Hals mit diesem Dings, die Pickel, die rote Nase. Er fragte sich, ob Igor denn gar nie so ein Gesicht bekäme. Wenn er schon keine Pickel bekommt, dachte Fred, soll er wenigstens seine Oberklugheit verlieren. Bestimmt wusste Igor längst alles. Bestimmt hatte Igor am letzten Schultag gesehen, wie er davongeschlichen war, Renate und diesem Ronnie nach. Bestimmt hatte sich Igor bereits in jener Sekunde vorgestellt, was weiter passieren würde. Und einmal mehr ins Schwarze getroffen.

Ja, schon wahr, ich habe an diesem Nachmittag das Feuer bei den Gastanks gesehen, dachte Fred. Und ja, ich habe es brennen lassen. Keine Zeit gehabt, sonst hätte ich die beiden verloren. Er hatte später auch das offene Tor der Scheune gesehen, ebenso war ihm aufgefallen, dass keine Katze zu sehen gewesen war. Etwa zwei Dutzend davon lebten seit Jahren in der Scheune, und wenn man daran vorbeikam, sah man immer ein paar von ihnen, aber an diesem Nachmittag hatte er keine einzige erblickt. Er war bei der Scheune stehen geblieben, er hatte an Schorsch gedacht, mehr nicht, nur ein bisschen an Schorsch gedacht und sonst nichts Böses, aber er war nicht hineingegangen, um nachzusehen, weil er weitermusste, also hatte er sich wieder umgedreht, doch da waren Renate und Ronnie bereits weg gewesen.

Er sah Igor zu, wie dieser näher an die Scheune trat. Dann schaute er wieder zu den beiden Männern hin. Kannte er sie? Der eine mit Brille und Bart, wie ein Professor, der andere hager, mit schwarzgrauem Haar und hoher Stirn. Der Hagere kam ihm bekannt vor. War das jener Mann, der manchmal auf dem Fahrrad quer über die Felder fuhr? Jedenfalls kein Polizist.

»Da hat's eine Schramme«, fispelte Igor.

»Was?«

»Schramme, hier am Tor. Sieht neu aus.«

Fred sah nicht hin. Der Hagere hatte ein paar Schritte auf den Bach zu getan. Nun stand er an der Viehbrücke und lehnte sich über die Barre. Als ob er etwas sucht, dachte Fred. Er ist kein Polizist, aber er sucht etwas, im Bach unten. Der Hagere kletterte über die Barre und bückte sich. Er ging auf die Knie, streckte die Hand aus, legte sie auf einen spitzen Stein, der aus der Erde ragte. Lange blieb die Hand auf dem Stein liegen, und der Hagere senkte den Kopf. Sekunden vergingen, und er verharrte reglos.

Nun hatte er gefunden, wonach er gesucht hatte. Er hatte den Ort noch gewusst, auch an die Form des Steins hatte er sich erinnert, und seine Hand tastete sie langsam ab. Seit vielen Jahren war er nicht mehr hier gewesen. Seine Haare stellten sich auf, er schluckte. Hier hatte er Schorsch zum ersten Mal gesehen. Er selbst hatte im Bachbett gelegen, neben sich das ramponierte Fahrrad, als plötzlich Schorschs Kopf über der Böschung aufgetaucht war. Nun sah er wieder das seltsame Grinsen von damals, wie von einem Schmerz auf Schorschs Gesicht gesät. Die Erinnerung breitet sich aus, dachte er. Sie will mehr Platz, aber ich lasse sie nicht. Er presste die Lippen aufeinander. Dann zog er die Hand vom Stein weg und erhob sich. Er kletterte über die Barre, sah zur Scheune hin. Dort vorne hatte er ihn zum letzten Mal gesehen. Diese Erinnerung war noch ganz frisch, wenige Tage alt war sie erst. Schorsch hatte nichts von sich hören lassen, also hatte er sich auf die Suche gemacht und war bei der Scheune gelandet. Er hatte sie zuvor noch nie betreten. Dunkelheit hatte ihn empfangen, dann dieser bestialische Geruch, und eine eiskalte Angst war ihm

durch die Knochen gefahren. Aus dem Schummer-
licht heraus hatte sich ein Bild aufgehellt, wie ein
Polaroidfoto: ein Dosenberg, daneben zwei Dutzend
verknäuelte kleine Körper, lauter getigerte Fellhaufen,
blassrot, grau und braun. Und am Schluss der massige
Klumpen in Flanelljacke, alter Cordhose und Mokas-
sins. Er war an den stinkenden Berg herangetreten
und hatte mit den Fingerspitzen an den Haaren gezogen. Langsam hatte sich das Gesicht ihm zugewandt.
Kein Grinsen, nur tiefe Falten und ein Anschein von
Seelenfriede.

Nein, er war nicht erschrocken. Er hatte das Gesicht in Ruhe angeschaut, und von Anfang an hatten
sich Interesse und Trauer die Waage gehalten. Er hatte
zuvor noch nie einen toten Menschen gesehen, und
doch kam ihm der Anblick vertraut vor. Ein paar Tränen wurden aus seinen Augen geschwemmt. Schon
lange war er auf sie vorbereitet. Er war erleichtert
über sie, weil sie den toten Freund ehrten, aber auch
weil sie ihm so schwerelos über das Gesicht perlten.
Als er sie mit dem Handrücken abwischte, war der
Fluss schon wieder versiegt. Er drehte das Gesicht des
Toten weg und erblickte den Lederbeutel, der zwischen den ausgeleckten Whiskasdosen lag. Er hob ihn
auf und öffnete ihn. Wenige Münzen, ein Foto von
einem Hund, ein alter Ausweis, zweimal gefaltet. Er
klappte den Ausweis auf und erkannte den Jüngling

auf dem halb zerschmirgelten Foto sofort. Name: Bär. Vorname: Georg. Geburtsjahr: 1952. Bürgerort: Zürich. Ihm fiel dieser Bankierssohn ein, der vor Jahrzehnten spurlos verschwunden war. Die Zeitungen waren damals voll davon gewesen. Gerüchte hatten die Runde gemacht, er erinnerte sich nicht mehr genau, man hatte international nach ihm gefahndet, doch der Bankierssohn war nicht mehr aufgetaucht. Entführt, umgebracht und vergraben, hatte es am Schluss geheißen. Möglich, dachte er in der Düsternis der Scheune und faltete den Ausweis wieder zusammen, vielleicht aber hat der Bankerbe sich einfach davongemacht. Er steckte den Ausweis in die Hosentasche und legte den Lederbeutel zurück. Er wollte die Geschichte dem letzten Freund, der ihm geblieben war, ersparen.

Nun entfernte er sich von der Barre auf der Viehbrücke. Noch einmal schaute er zu der Scheune hin. Der größere Junge zupfte den anderen am T-Shirt, sie sahen sich an. Er kannte die beiden. Sie gehörten zu den dreien, mit denen Schorsch häufig geschwatzt hatte. Sicher nette Jungs. Er hätte gerne erfahren, was sie über Schorsch wussten, welche Geschichten er ihnen erzählt hatte.

Er blickte in die Wiese hinaus und fragte sich, ob ein ehemaliger Bankierssohn nicht früher oder später aufgeflogen wäre, auch als landstreichender katzenliebender Halbgrieche. Dann trat er auf den Weg und blickte seinen Freund an, der keinen Wank machte. Der Gesichtsausdruck des Freundes war gefasst, aber seine Gestalt wirkte wie ein Heißluftballon, dem die Luft ausging. Der Freund war immer der Beständigere von ihnen gewesen, doch jetzt schien er geradezu auseinanderzufallen. Seine Hose war etwas schmutzig, er merkte es nicht. Sein Bart sollte gestutzt werden, er hatte es vergessen. Seine Brille war schmierig, er sah es nicht mehr. Er schien jetzt nur die Scheune zu sehen, alles andere hatte er ausgeblendet. Sein Blick war schon fast starr, die Hände steckten tief in den Manteltaschen. Er atmete langsam.

Es bricht aus mir heraus, dachte er und ballte die Hände in den Manteltaschen zu Fäusten. Das darf es nicht, es muss drinbleiben. Ruhig atmen, sonst fällt alles in mir auseinander. Er kratzte sich am Bart und versuchte, die Scheune zu betrachten, als ob er sie zum ersten Mal sähe. Das von der Sonne dunkel gebeizte Holz, die verrutschten Ziegel, der rostige Kreiselheuer, der unter dem Vordach stand. Details, dachte er. Bleib bei den Details, alter Knabe, sie können dir nicht wehtun. Doch es gelang ihm nicht. Er musste wieder an den Morgen in der Gerichtsmedizin denken, an diesen Forensiker, der ständig die Zähne bleckte und zwischen den Sätzen Rotz in der Nase hochzog. Katzenfutter, hatte der Forensiker gesagt, ja, der Herr habe richtig gehört, Katzenfutter habe der Tote, äh, Verstorbene gegessen und auch sonst alles Mögliche und dies offenbar jahrelang. Dann hatte der Forensiker laut geschnieft und gefragt, ob er das gewusst habe, als bester Freund? Nein, hatte er geantwortet, der Tote sei tatsächlich sein bester Freund gewesen, aber das habe er natürlich nicht gewusst. Was heißt da natürlich, hatte der Forensiker erwidert, es gebe Leute, die täten sich das in die Spaghettisoße und machten keinen Hehl daraus. Wieder lautes Schniefen. Und dennoch, dieser Mann, war der Forensiker fortgefahren und hatte den Finger auf Schorschs Stirn gelegt, dieser Mann sei völlig gesund gewesen. Ja, hatte er geantwortet, das könne er bestätigen, Schorsch habe keine Gebrechen gehabt, soviel er wisse. Der Forensiker hatte noch immer den Zeigefinger auf der Stirn gehabt und ihn lauernd beäugt, worauf er selbst sich im Raum umgeblickt hatte, um dem Blick des Forensikers nicht zu begegnen. Die toxische Analyse steht noch aus, hatte der Forensiker schließlich gesagt und den Finger von Schorschs Stirn gehoben. Sie hören von mir.

Halte dich an die Details, sagte er sich. Die Bauweise der Scheune, die Maschine unter dem Vordach. Er wollte sich weder an den Morgen noch an frühere Tage erinnern, sondern sich bloß diesen Ort einprägen. Ich bin Paläontologe, dachte er. Ich habe mein

Leben lang in der Vergangenheit gegraben, aber jetzt will ich nur noch Gegenwart. Diese eine Scheune und ihr eingeknicktes Giebeldach, die rostige Schiene des Schiebetors, die Absperrbänder, die Moosflecke am Abflussrohr. Nur wenn man bei den Details bleibt, begreift man die Schönheit der Gegenwart. Und in dieser Gegenwart, dachte er, gibt es einen Freund. Zwei wären schöner, aber einer geht auch. Er sah sich den Zwetschgenbaum neben der Scheune an, die geschorene Wiese mit den weiß verpackten Heuballen, die Haselsträucher am Bach, das Sträßchen, auf dem sie gekommen waren, er drehte sich weiter um, sah die letzten Häuser des Dorfes, Gärten, eine riesige Fichte, die ihm noch nie aufgefallen war, ein alter Wohnwagen und weit oben die Kreuzung, die viel zu groß war für diese zwei Straßen und auf der sich nun etwas bewegte, ein Mensch, eine Frau, ja, da stand eine Frau mitten auf der Kreuzung. Tanzte sie? Wollte sie den Verkehr aufhalten, den es nicht gab? Ihre Hände bewegten sich nervös. Ihre Füße schienen in jedem Moment losmarschieren zu wollen, um kurz vor dem ersten Schritt nochmals die Richtung zu ändern. Er sah es nicht, denn sie war zu weit weg, doch er stellte sich vor, dass sich ihre Augen nach oben wandten, Richtung Himmel, zwei Augen, in denen eine Erwartung saß, die zugleich eine Leere war, die Pupillen große, dunkle Wartesäle, in die der Himmel nun eintrat, er passierte die gläserne Linse und drang in die Netzhaut, die umgehend von feinen elektrischen Regungen durchflimmert wurde, die ihrerseits weiter durch den Sehnerv schossen, schneller als ein Zwinkern, und schließlich in die Großhirnrinde gelangten. Dort zeichneten sie ein scharfes Bild von der leeren Kreuzung, von diesem Sommertag, von der Gegenwart.

Himmelblau, grasgrün, sonnenblumengelb. Wie schön, dachte die Frau. Doch worum geht es hier eigentlich, und welche Richtung muss ich einschlagen? Ich kann nicht auf dieser Kreuzung stehen bleiben. Jeder sieht, dass ich nicht hier stehen bleiben kann, und doch komme ich nicht weiter. Man muss wissen, was Sache ist, sonst kann man im Leben keinen Schritt tun. Aber ich weiß überhaupt nichts. Ihre Füße tänzelten noch immer. Sie dachte an das Ende und den Anfang, die sich an diesem Punkt in ihrem Leben trafen, an ihren Mann und ihre Tochter, die sie vor wenigen Tagen verlassen hatten. Die Tochter war mit ihrer besten Freundin in die Ferien gefahren, ihr Mann war für ein paar Tage bei seinem Bruder. Das war nicht ungewöhnlich. Dennoch wusste sie, dass diese Abwesenheit von Mann und Tochter das Ende von etwas waren. Würde ihr Leben von jetzt an ein anderes sein? Hatte sie sich das nicht insgeheim gewünscht? Sie war ratlos. Wenn jetzt jemand aufgetaucht wäre, hätte sie sich ohne zu zögern an ihn gehängt und wäre mit ihm gegangen, wohin auch immer. Doch niemand kam. Sie blickte sich um. Musterte die Zapfsäulen der Tankstelle auf der anderen Straßenseite, das große Tor der Autowerkstatt, das heute geschlossen war. Diese menschenleere Tankstelle, sagte sie sich, sie hilft mir nicht weiter, der Vorplatz der Molkerei etwas weiter vorne, die bald für immer schließt, weil es nicht mehr genügend Genossenschafter gibt, auch er bleibt stumm, noch weiter vorne der nun kinderlose Kindergarten und Josts Bäckerei. Alle unbeweglichen Teile des Dorfes ruhen in sich, dachte sie. Als ob es auf dieser Welt nie einen Anfang gegeben hätte, nie ein Ende gäbe. Sie blickte an der Bäckerei vorbei und dachte: Ich schaue nicht richtig hin, deshalb bleibt alles stumm. In diesem Augenblick realisierte sie, wie sich weiter vorne in der Höhe etwas rührte. Eine Hand wühlte im Haar eines nur halb sichtbaren Menschenkopfs, der sich knapp über die Brüstung eines Balkons erhob, gleich oberhalb des Dorfladens. Dann sank die Hand weg, und kurz darauf stieg Zigarettenrauch in die Höhe. Noch nie hatte sie darauf geachtet, wer sich da oben aufhielt. Nun stellte sie sich vor, wie dieser Mensch sich nach unten fortsetzte. Es ergab ein genaues Bild: matte grüne Augen, violette Knollennase und ein Mund, der jede Beschreibung von sich wies, weiter unten ein

Schildkrötenhals, auf einem massigen Körper sitzend, unter dessen grauer Haut Schichten von Fett lagen. Sie waren vom ewigen Sitzen und Warten regelrecht verhärtet. Wie Jahresringe hatten sie sich über ein Skelett gelegt, das das Gewicht kaum mehr tragen konnte, weshalb der Mensch den ganzen Tag auf seinem Balkon saß, ohne ein einziges Mal aufzustehen, und käme eines Tages einer und stäche eine feine, hohle Nadel in diese Fettmasse, könnte er einen Bohrkern herausholen, der davon erzählte, wie dieser Mensch zum Stillstand gekommen und seiner eigenen Geschichte, aber auch der Geschichte des Dorfes nie mehr entronnen war, wie das Dorf selber, einer Wucherung gleich hoffnungsvoll und gleichzeitig im Krepieren begriffen, immer wieder in eine ungewollte Gegenwart stolperte, wie es seine eigene Vergangenheit begrub, wie seine Bewohner sich mit Wörtern gegenseitig Wunden schlugen und jede neue Generation die ältere bestrafte, und lauschte dieser Geologe des Fetts während seiner Untersuchung dem leisen Stöhnen des Menschenbergs auf dem Balkon über dem Dorfladen, vernähme er darin die Klage des Dorfes, dass es im Begriff sei, seine Seele zu verlieren, denn bald gäbe es hier niemanden mehr, der auf einen Anfang warte, stattdessen mache man nur noch Anfänge und vergesse, was Warten heiße, doch das Warten sei die Seele des Dorfes, das Warten

auf nichts und alles, das Warten auf dass endlich etwas passiere.

Das Stöhnen des Mannes auf dem Balkon schwebte
ungehört durch die Straßen. Ein Sommernachmittag
nahm seinen Lauf. Munter und träge zugleich, sorglos
und zaudernd. Nichts passierte. Alles passierte.

Inhalt